魂の道行き

石牟礼道子から始まる
新しい近代

岩岡中正
Iwaoka Nakamasa

◉弦書房

装丁・写真＝毛利一枝

目次

はじめに

現代思想家としての石牟礼道子

石牟礼道子をどう位置づけたらいいのか。石牟礼道子は何よりも『苦海浄土』によって水俣病をめぐる告発と支援の運動家として世に出た。と同時に、そもそも歌人として出発し、俳人、詩人、エッセイスト、小説家、果ては能作家と、その文学活動は多岐にわたる。とはいえ、彼女はたんなる表現者ではない。同時に石牟礼がこれら文学作品や活動を通して語っているのは、文明論であり思想である。広くいえば石牟礼は、人間と社会・時代精神に立ち向かって、本来あるべき人間と文明のありようである「原郷」(「もうひとつのこの世」)を提示する思想家でありモラリストである。但し私がここで言うモラリストとは、もちろん道を説く道学者などではなくて、行動と思索を通して人間と社会の本質と文明の行く末について深く洞察する人のことである。

石牟礼はときに活動家としてジャンヌ・ダルクとみなされたり、ときに誤って神格化されて「巫女」や「呪術師」と呼ばれたりするが、彼女はそうしたたんなるヒロインや超越者でもなければ、他方、たんなる傍観者風の文明批評家でもない。石牟礼は、苦悩し、行動し共感するモラリストであり、石牟礼自身のことばでいえば、どうにもならない他人の苦悩や現代の人間と社会の現実と未来に身悶えせんばかりに悩み共感する「悶え神」としてのモラリストである。

いまなぜ石牟礼道子か

石牟礼は基本的に思想家である。いうまでもなく「思想」とは、その時代と社会が解決を迫ってやまない大きな危機的な課題に対して考え抜いた解決策のことであり、「思想家」とは時代の最も深い次元から時代の危機を担ってその解決策を提示する人のことである。つまり思想家の大きさと深さは、時代が直面する危機とその解決策の大きさに比例する。

では、現代史の中で「いま」とはどんな時代であり、いま私たちはどんな危機を抱えているのか。今日、「ポスト・モダン」というたんなる文化現象としての転換期ではなくて、一九六八年あたりから、世界の近代(化)がひとつの頂点に達し、「近代」の功罪を踏まえつつ、それから新たな近代批判や脱近代の思想と運動が始まるという転換期に入ったことは、今日ほぼ異論のないところである(『ロマン主義から石牟礼道子へ』)。私は、世界同時多発的な学生反乱に象徴される六八年を、遠くはルネサンスにはじまる、世界史における近代化のサイクルの極点だと思っている。そして六八年は、その極点から人類が物質的豊かさを超えて人間の真の生の意味の回復をめざす脱近代的価値の新しいサイクルへ入っていく転換点であって、それ以来今も私たちは、そのゆるやかな価値転換の中にいる。

このような現代の私たちが抱える危機は、これまでの過度の近代化の中で物質的豊かさや便益と引き換えに、さまざまな意味での「いのち」を失ってきたことにある。それは、いわば「関係としてのいのち」の危機である。それは、例えば水俣病のような究極の受難と業苦をはじめとする公害や自然破壊である。それは、人間と自然の関係の崩壊や「ことば」の崩壊に始まる人間と社会の共同性の崩壊、社会の根底にある徳や倫理の崩壊、さらには自我と身体の関係の崩壊など、一切の「世界」や「存在」の崩壊であって、これらの共同性をどう回復するかが、究極の近代化の果てに私たちが直面している、時代の最大の課題である。この究極の近代化の果ての崩壊の危機を最も深部でとらえ、「関係」という「いのち」や「存在」をどう回復し共同性を再興するかという、時代の課題とその解決策としての「思想」を担って登場したのが、石牟礼道子であった。

ヤヌス神としての石牟礼道子――復讐から共同救済への道

本年二〇一六年は、水俣病公式確認六〇年目の年である。六〇年を経て水俣病は解決どころかその傷口はさらにひろがり、「近代」の災禍は、総力戦であった第二次大戦以来、いずれもカタカナで呼ばれるヒロシマ、ナガサキ、ミナマタ、フクシマへと、今なおわが国の現代史を貫流している。

列島の深傷《ふかで》あらわにうす月夜
毒死列島身悶えしつつ野辺の花
祈るべき天とおもえど天の病む

これらの作品からも、石牟礼が今日の近代（化）をまるで「原罪」のように見て、今こそその終末であり一切が「存在のたそがれ」であるとして、その中に「亡びの予兆」を見ていることがわかる。臼井隆一郎は『苦海浄土論―同態復讐法の彼方』で、『苦海浄土』が、近代の国家や資本主義体制の中に、「父権制社会」の原理によるかつての「母権制社会」への侵犯を見て、母権制原理の回復をめざすと同時に、同態復讐を超える和解の世界も見ているという。私たちは、この石牟礼の思想に、告発と和解（救済）の二つの顔をもった「ヤヌス神としての石牟礼」を見なければならない。つまり石牟礼は、今日この過剰な近代化や誤った近代がもたらす悲劇とその根底の近代の思想そのものをその根源から糾弾する「怒れる神」であると同時に、私たちの内なる声にしたがって、あるべき「もうひとつのこの世」への道を示す和解と「ゆるしの神」でもある。石牟礼の一貫したテーマは、たんなる告発や対立を越えて、「もうひとつのこの世」へ向けてどのようにして魂の共同救済が可能かという点にある。

私は本書で、とくに石牟礼の「共同救済」と共同性の再興の思想に注目している。石牟礼の思想のエッセンスは、能「不知火」に見ることができるが、これは、ちょうど起承転結の円環構造をなしている。つまり第一の「起」では、毒によって汚染された兇兆の海への嘆きから、「わが見し夢の正《まさ》しきに、終《つい》の世迫ると天の宣旨あり」と、終末思想が語られる。

第二の「承」では、竜神の娘であり海霊《うなだま》の宮の斎女である主人公・不知火が弟の常若《とこわか》とともに地上と海中の浄化の使命のためにまさに死なんとする、犠牲と狂乱のさまが、たとえば次のように語られる。「わが身もろとも命の水脈ことごとく枯渇させ、生類の世再びなきやう、海底の業火とならん」。

第三の「転」では救済と再生の場面で、恋路が浜で再会した不知火と常若の姉弟が菩薩のはからいで命をとりとめ結婚を許され、「悪液の海底と地中に沈潜せる姉弟、うぶうぶしきその種子をば慈しめ」と命じられる。

そして最後の「結」は、二人の祝婚の舞で、ここで、「ここなる浜に惨死せし、うるわしき、愛らしき猫ども、百獣どもが舞ひ出ずる前にまずは、出て来よ」や「神猫となつて舞ひ狂へ、胡蝶となつて舞ひに舞へ」というように、ここで鎮魂と生命のよみがえりの救済と再生が果たされる。

こうして能「不知火」では、石牟礼の基本的テーマである、文明の堕落への批判から和解と救済への道が示される。石牟礼文学は、まず第一に、前代未聞の水俣病という衝撃を記録することにはじまり、第二にこれを運動とともに告発する文学へと展開し、第三にこれを文明の根幹にかかわる人類の危機として普遍化することによって、文明史的問いに答える文学へと昇華し、最後に石牟礼のことばと文学の力で未来を構想する救済の文学となっていく。

さらにこの石牟礼の「共同救済」の思想の「共同」についていえば、およそ近代文学が近代の自我（個我）から出発しその葛藤と苦悩を告白し表現しその自己救済を目的としたのに対して、近代を超える石牟礼文学のテーマは、「われ」に関わる個的救済ではなく、自他の「われわれ」や石牟礼の言う「人さま」全体の救済にある。私は、石牟礼文学を基本的に、「共同性の文学」と考えている。それは、私たち人類の罪としての水俣病を、私たち自身を含む共同加害者としての私たちの文明から私たちが共にどう救済されるかという文学である。「救済」とは、ここではもちろん権利や補償といった個別の法的救済ではなく、魂の救済のことだが、それはあくまで私たち全体についての、私たち自身による共同救済である。

では、この石牟礼における「救済」とは何か。たとえば能「不知火」における、この世の終末に始まり斎女・不知火と常若という犠牲を経ての復活という救済モデルは、たしかにキリスト教の救済史に似てはいるが、石牟礼にはキリスト教をはじめとする、人格神による創造や救済の思想はない。他方、石牟礼の救済は、万物の霊魂とともに安らぐというアニミズムのそれでもない。問題は救済の主体だが、それは一神教の絶対的創造神によるものでもなければ、万物のアニマによるものでもない。後述の「悶え神」、「道行き」あるいは「徳性」といった救済の方法からもわかるように、石牟礼の救済は、たしかに神でも万霊でも私個人によるものでもなく、どこまでも「私たち」によるのである。やや先取りしていえば、私はここに近代批判の思想家である石牟礼の中の古くて新しい「良き近代」を見ている。

今日近代化の災禍は、人間と社会の内外で極限に達している。これに対して私たちはいま、この「近代」を踏まえつつこれらを超えて新しい人間の生と社会のあり方そのものの転換と新しい社会の構築へ向けて模索しているが、その際私は本書で、石牟礼の著作の頂点に立つ『天湖』と能「不知火」に注目している。これらの著作の中に石牟礼道子の「もうひとつのこの世」の原郷、天地の和解、および魂と世界の救済史の構造が端的に表明されているからである。『苦海浄土』は、これらの著作に収斂していくのである。

そこで、こうした告発の強さに支えられたより深いレベルからの存在論的な和解とゆるしとそれを踏まえた共同救済を理解するためには、まず石牟礼の新しい認識、知、想像力、倫理、さらにはことばやふるまいといった、表現や思想全体が果たす役割について考える必要があるだろう。近代をどう超えるか、近代の自我中心主義の対立を超える石牟礼の和解の知や思想の前提として、まず石牟礼が認識と表現および知のレベルで近代をどう超えようとしているかについて見ていきたい。

【I】知と思想の構造転換

——近代を超えて

①近代の二元的な認識と表現を超えて

近代知の特徴は、その二元的な認識と表現にある。この二元性はプラトンにはじまる西洋の知的伝統に属するものであって、とりわけ近代に至って自我中心のデカルト的機械論的な二元的認識に典型的に現れた。まさに「分かる」ことは「分ける」ことに始まるように、近代知は認識の対象を分類・分析する知であって、存在の一切を機械的な断定と分類によってすべての場と関係を喪失させ、新たな「合理的」な力学的機械論的世界観を創出した。つまり近代の知は、認識・表現する主体と、される客体というようにすべてを二元的に截然と分け、主体としての自我を絶対的優位に置いたのである。

これに対して、石牟礼道子の脱近代的な認識や表現は基本的に、自我という主体も他者や自然という客体も本来一つのものであったという点にある。その一切が本来あったもののように認識し表現する点に、石牟礼の思想と表現方法の最大の特徴がある。つまり、緒方正人が「もとのいのちにつながろい」と言うように、自己と他者は本来一つのものであり、自我は全体の一部にほかならない。したがって、こうした新しい認識を模索する者は、それ自体が全体の一部である私が全体を「認識する」ということがそもそも可能かという難題に立ち向かわざるを得ない。時系列的な因果関係の近代的論理的思考に親しんでいる私たちにとっての、石牟礼の認識や表現の難解さはこの点にあって、上野英信が石牟礼について語った、「灰神楽」のような石牟礼の表現方法は、私たちにとって合理的思考を無視した不可解なものとして映るのである。

石牟礼における脱近代的認識・表現は、渡辺京二によれば、「認識」というより全体的な場を「感知」するようなものであって、「自分が外界の中に入り込んで」、その主客の相互浸透によってできる「場」に無数にそよぐ「感覚的触手」のようなものである。こうした二元的対立を超える認識やシステム理解は、実は現代の自然観や世界観において、「ゆらぎ」、「ファジー」、「複雑系」、「カオス」、あるいは自己生産論《オートポイエーシス》などと呼ばれる脱近代の方法と軌を一にする。その点で、石牟礼の文学は、最先端の科学の根底にある思想の構造転換にも通じている。

②気配と感性

さらに、以上の近代の二元的な認識の中で捨象された感性と気配の回復が、石牟礼の感覚と表現の特徴である。石牟礼によれば、「かつては存在した、空気よりもやわらかな、生まれたての音楽家のような耳」や生命が持っている「声や気配」、「草木の気配」が失われ、人間と他者との間の柔らかい感性としての気配の消失は、振る舞いと文明の土台を枯渇させるという事態を引き起こした。以下、『天湖』から、「気配」に満ちた文章をひく。

山道をのぼってゆく気分が、最初来たときとはだいぶ違う。落ち葉の重なる中を歩いてゆくと、全身がからからとした山の気配に包まれた。立ち止まって耳を澄ますと、木々の梢からも靴の下からも、繊細な生き物たちの気配が柾彦を迎え、ついてくるのだった。皮膚の毛穴が全部、精密に調律された感官となっている感じだった。

つまり石牟礼のいう気配とは、存在を包む大きな膜のようなものであり、一種の「場」のようなものであって、気配は、これを通して人間が自然や他者と一体化していく通路のようなものである。

③「視る」こと・「聴く」ことの意味

近代の認識に対しては、まず「視る」や「聴く」における二元的な区別を超えることからはじまる。つまり石牟礼の認識と表現にあっては、「視る」ものと「視られる」ものとの区別がない。両者は既に、一体として融合している。これを私は、「一体化のまなざし」や「慈しみのまなざし」とも呼んでいる。それは例えば、『苦海浄土』の「ゆき女きき書」の以下の引用の中の、死にゆく釜鶴松と石牟礼の眼差しを通して描かれる、「視る」ものと「視られる」ものとの一体化の過程の中にある。

この日わたくしは自分が人間であることの嫌悪感に、耐えがたかった。釜鶴松のかなしげな山羊のような、魚のような瞳と流木じみた姿態と、決して往生できない魂魄は、この日から全部わたくしの中に移り住んだ。

また、この一体の世界は、生死の境に見える石牟礼の「幻視」の中にある。つまり石牟礼が、たんなる「視る」を超えて、「この世とあの世の境には、往きつもどりつして今日は行きそびれ、昨日は死にそびれして、どちらかの方へとも往きつけぬ世界がもうひとつあって、そこの居るものたちの位相を、迷う、とか狂うとかいう」その「幻視」―の中に、石牟礼の主客一体の世界がある。

さらに『天湖』のテーマの一つは、音や声、つまり聴くことの復活である。主人公の音楽家・柾彦の音の回復が本書を貫く大きなテーマのひとつであって、『天湖』には、たとえば以下の引用をはじめとする、おびただしい耳や聴覚に関する比喩や記述がある。

彼の感覚器官にまっすぐに投げかけられた網。それはおひな母娘の、色彩に富んだ声紋といってよかった。その網は彼がこれまで気づかなかった自分の心の古層を丸ごとすくい取って、水底の村のむかしの天空へ、一気に開放したのだった。……

柾彦は湧きあがってやまない音と格闘しはじめていた。さまざまな木々の声が一枚一枚の葉っぱの間から立ちのぼり、彼の五感をとり包んでくるのである。過剰すぎた。誰がこんな音をたぐり出したんだと彼は思った。息が詰まりそうだった。落ち葉の音だと思われた。……

柾彦は時々濃くなる霧の中で、ああこれは生まれる前に聞いていた生命界の鼓動だと思った。

つまりここに、本来のより豊かな視覚聴覚を通して、主客二元の世界を超えた一体化の表現の試みがなされており、石牟礼において「視る」ことや「聴く」ことは、単なる「認識」を超えた、本来の主客一体の「原初（はじめ）の音」への回帰、つまりあるべき本来の存在へ向けての和解を意味していたのである。

こうして人間は一元的な「存在」の世界へ向けて再生するのだが、それはたとえば『天湖』の以下の引用のような、対象と渾然一体と化した石牟礼のダイナミックな筆力によってしか表現できない世界である。

けれどもそのとき柾彦の心の網膜に、水面の山々のうしろから、九州山地の台座がゆっくりとせり上がるのが映った。その台座は重厚な銀の襞を幾重にも刻みこみながら、音も立てずに手前の山々に覆いかぶさり、なだれ落ちては湖面をひろげてゆくようにみえた。水色のない炎をあげてゆらぎはじめ、湖のいちばん底の方から地霊たちの打ち鳴らす鼓のような音が聴こえた。それは間を置いて規則正しく続き、水底に淀む澱《おり》をひと打ちごとに打ち穿《ほが》すように、地の底のなにかを促すように響いていたが、突如あの湖底の洞から、おうおうと天に向かって咆哮する声が聴えはじめたのである。幻聴かと彼はおもった。するると、間近かに迫りつつなだれ落ちていた銀色の山の大地は、もとの所にゆっくりと収まりはじめ、湖底の咆哮と鼓の音とを交互に響かせながら、水の面はこうこうと張りつめているのだった。

（かくして原初《はじめ》の音は生まれき）

ということばが浮かんだ。

ここに、五感のすべてを動員して対象と一つになった、創世の世界が立ち現れるのである。

④**身体の回復**

石牟礼における身体的表現には、枚挙にいとまもない。それは単なる比喩的用法ではなく、より具体的かつ象徴的に用いられている。一例をあげると、石牟礼道子は私との公開対談（主要参考文献（32）所収の「石牟礼文学の世界」）で、身体について次にように述べている。

自然というのは人間と向き合っているのではなくて、人間そのものが、手つかずの自然といいますか、究極の自然ではないかと思っています。皆様、ご自分のことを考えていただくと、何よりご自身が、自然ではないかと思います。人間も手つかずの存在なのです。

さらにここで私が、能「不知火」の中の「あしのうらかそかに痛き今生の名残かな」をとり上げて、「作品中の一文だけをとって言うのも何なんですが、ここが大変印象的ですね。情というものと具体的な感触が、その足の裏で結びついている。」と指摘すると、石牟礼はこれに対して、同じ公開対談で、次のように述べている。

先ほど岩岡さんがおっしゃいましたように、『あしのうらかそかに痛き今生の名残かな』という、上天するシーンですね。魂がこの世を離れるとき、間際ですが、今生にいたとき磯の石というのは、裸足で歩きますと、とても痛うございます。踏み立てられないくらい痛うございます。靴を履いていたら分かりませんけれども、これは神話的な情景ですからもちろん裸足です。それで『あしのうらかそかに痛き今生の名残かな』なんです。この世の名残に足が痛い。そこでは磯辺の石と生身の人（人ではありませんけど）がふれあう最後の感触――つまりそこで肉体的に足の裏の痛みを感じたわけですが――そのことが、この世の名残であるというふうに書いたのです。

つまり能「不知火」のこの部分は、足の裏という人間の最後の自然の生身の感触を通して、人間が自然と接するその接点を象徴的に描いた箇所なのである。この点について、栗原彬は拙書『ロマン主義から石牟礼道子へ』への書評で、「磯辺の石と生身の命がふれあう最後の感触、痛みが、石牟礼文学の総重量を支えている。」とまで評している。これは石牟礼における、心身の対立という近代の心身二元論を超える、身体性の回復であり心身の和解である。

こうして石牟礼の認識と表現の方法は、気配や感性および身体性の回復を通して、近代の二元的な認識や表現を超えて和解を目指す、脱近代への構造転換に他ならなかったのである。

①近代の時間と歴史

思想家が時間・歴史をどう考えるかは、その人の世界観に先立つ根源の意識として極めて重要である。前述の認識・表現論と同様、石牟礼道子の時間〈歴史〉意識は単なる混乱や混沌ではなく、混沌を通して石牟礼が時間と歴史を獲得していく想像力のあらわれであった。この想像力によって時間と場が獲得、拡大されるという点において、石牟礼は紛れもなくロマン主義の歴史意識を共有している。

基本的に農業社会であった前近代の時間が自然と農耕に即した循環する時間であり、それが近代化とともに分割され商品化された物理的時間になったことは、周知のとおりである。同時に歴史についても、近代は啓蒙主義に典型的に示されるような線形の進歩の歴史観をもつことになった。トマス・アクィナスのような中世の整序された目的論的世界観に対して、近代の時間は、近代初頭のG・ブルーノの世界観に典型的に示されるルネサンスの混沌や、ピューリタリズムの終末史観におけるような歴史の断絶を経て完成する自我と社会という啓蒙主義の完成《パーフ》主義《エクショニズム》的世界観に代表される。それは、自我から発して実現すべき目標や企図から逆照射されたユートピアへ向けて進歩する、線形の歴史観であった。

　この線形の進歩史観に対して、最初に歴史意識に目覚めたのは、ロマン派であった。ロマン派は、人間と社会の進歩と完成を目指す近代の完成主義に対する最初の根本的批判者であると同時に、逆説的だが、その近代批判を通して近代人の意識と自我の領域を拡大する役割を担った。歴史意識では、プレ・ロマン主義者であるルソーは、歴史は啓蒙主義哲学者《フィロゾーフ》たちのいうような単純な進歩ではなく、むしろ一方で『学問芸術論』や『人間不平等起源論』という下降と堕落の過程（堕落史観）を経て他方で『エミール』や『社会契約論』で上昇するという、螺旋と再生の歴史観をもっていた。さらにこの歴史意識は、例えばイギリス・ロマン派のコールリッジの聖書の歴史観の中にその発生を見ることができる。コールリッジは、ドイツのロマン派詩人ノヴァーリスにおける時間の精神的現在化（「詩化」）

のように、過去と未来が現在の中に含まれ、理念という生命が歴史を貫くという歴史主義に接近した。つまり、聖書の中に現れ歴史を貫いている「理念」（イデア）は現在・過去・未来を媒介する「生きた芽」のようなものであり、「和解の力」であるという（主要参考文献（33）参照）。石牟礼にとっての歴史意識の回復もまた、このロマン主義と共通するものであって、それは、堕落から再生へという救済史の構造をもっている。

②時間や歴史との和解

さらに、以下に述べるような石牟礼の認識・表現および時間意識の「混沌」は、近代が形成される途上のルネサンス期の思想のそれに似ている。それは、その後の機械的で合理的な近代の時間に対抗する、生産的な「混沌」であって、ここに、今日の「近代」を、近代の原点である混沌に立ち戻りつつ近代を批判する石牟礼の立ち位置を見ることもできるだろう。

この石牟礼の「混沌」は、既に上野英信や渡辺京二によって指摘されたように、論理的な因果関係を無視した、近代の叙述になじまない文体や叙述である。それは一見不可解に見えるが、実は、すでに石牟礼の表現方法においても見たように、複雑多様な実体を合理的に分析して認識し表現するのではなく、複雑多様なものをそのものとして、また近代的な主客二元論を超えて対象の一切を自己と一体化したものとして表現しようとすることから当然生まれる叙述方法であった。

同時に、石牟礼にとっての「時間」もまた、右に述べたロマン派のそれと同様、因果関係を離れて自在に遊離し過去が現在に重層化し、過去の出来事へ主観的に入り込んでいくという、時間の「詩化」が行われる。これは、いわば歴史的想像力や歴史意識つまりは歴史主義の発生であって、この詩化という飛躍によって時間や歴史の一切が主観化されて連続し、歴史上のすべての出来事は、それぞれ意味と関係性をもって再生する。つまり、過去・現在・未来という時間の境はなくなり、一つの時間として和解し循環するのである。これを石牟礼は『天湖』で、「この世の縁《えにし》と、あの世の縁は切れやせぬ」のように「縁」と言い、次のように言う。

おひなが夢の話をしはじめてから、柾彦も、人びとが夢の中でゆく場所にいるような気持になっていた。二人の老女や千代松だけでなく、ほかの者たちも水底の村によく帰り、誰彼に逢っているらしかった。うつつの刻《とき》と夢の刻との境はなくて、人々は双方の時間を自由に往き来しているように思えた。

また『天湖』のテーマは、失われた村の回復をめぐって、ちょうどタイムトンネルを通って行くような、時間の遡及にある。石牟礼によれば、それは天底村への「夢の通い路」とも言うべきものであり、その先導者は、ダム工事の現場から墜落して生き返り、みんなの魂を連れて行く力のある蟹と化した克平であった。以下、『天湖』から引用する。

「水の目をもっとるお前が頼りぞ。ほら、後ろからみんなもついてゆきよるじゃろ、沈んだ村に。お前が人間の姿じゃればゆかれん。蟹じゃからこそゆかれる」

声を掛けながら、おしずはかがみこんで見ていた。蟹の克平と後ろに続くものたちは、幾度もひらひら押し流されながら、水草につかまりつかまり、天底の水路目ざしてのぼってゆくようであった。

さらに、これまでの石牟礼の作品とその思想を集約した「不知火」がなぜ「能」という形式をとったのかという点も、石牟礼にとっての歴史・時間の意識を示すものである。つまり、能という象徴芸能には、過去を回想し人間の一生をその死の寸前に時間を凝縮しそこから一生を見返す力があるのだが、私たちはそこに、石牟礼の時間の主観化と歴史意識の発生と同じものを見ることができる。逆にいえば、石牟礼の物語は、近代の時間観に基づく単なる時間の直線的叙述では、十分表現できないからである。

以上のように石牟礼は、従来の近代的手法では描けない世界を、近代の主体と客体という二元論を超える新たな方法で描こうとした。それは視ること、聴くこと、時間や歴史の意味転換および身体性の回復による、対象と一体化した認識と表現への模索であったのである。

新しい知

こうした石牟礼道子における、新しい認識と表現の方法および時間や歴史意識における構造転換は、石牟礼における知の転換に支えられている。とくに欧米からの移植と中央集権システムによって育成されたわが国の近代知――たとえばそれは、生活の実体から遊離し上昇の手段と化した、上からの富国強兵の近代化とセットになった近代知であり、戦後においても組織と利益のための機能と効率を目的とする知――の貧困に対して、石牟礼は、「基層民」の知への回帰を通して新しい脱近代の知を模索する。それは、水俣病に象徴される近代知の誤ちに対する根源的な批判から生まれた、古くて新しい知である。

ただ断っておかねばならないことは、石牟礼自身は「知」ということばが好きではない。というのは、人の存在全体から立ちのぼる知恵や生き方のようなもの全体を「知」の一語に集約することは不可能であり、それは「生きざま」全体ともいうべきものであって、抽象化観念化された近代用語としての「知」ではとうてい括られないからである。とはいえ、近代の知から石牟礼の新しい思考全体を、「知」ということばで表わすことは便宜上避けられない。以下いくつか、石牟礼の「知」の特徴をあげたい。

①全体の知、共同の知、和解の知

近代知は分析、計算、推理し編集する合理的な、たとえば典型的には近代初頭に現れたフランス啓蒙の百科全書派のような知である。つまりそれは、たとえばデカルトが想定する自立した近代的自我が宇宙の一切を自分の理性で分析、解釈し支配しないではおかないような分析的な科学の知であり、これこそ、F・ベーコンの「知は力なり」の近代の知として一切を理性によって支配する知であった。

この分析・競争・支配の力としての近代知に対して石牟礼の知は、「共同的な感性」を頼りとする原初的な知であり、人間も万物も一切が根底でひとつにつながっているという共同の知であり、これを全体として受けとる全体の知である。

それは、人々が根源へ還ることを通して全体につながる「全的存在としてあった世界」をめざす共同の知である。

また、水俣病患者や石牟礼道子らの「本願の会」は、たとえば緒方正人の「チッソは私であった」という自覚からさらに水俣病という近代の大きな病の責任をその受難者である自分たち自身が引き受けるという覚悟をふまえて、和解とゆるしへという道を進むが、このような二元的な対立を超える和解を可能にしたのも、石牟礼や患者たちが獲得していった、新しい共同の知のためである。

以上の共同の知については、本書のテーマである「共同性の再興」を支える知であって、具体的には第Ⅲ章の「共同救済とその方法――共同性の再興」で述べる。

②根源の知

以上の全体の知や共同の知は、近代の機械論的で皮層な知に対して、常にこれを突破して深く「感性のみなもと」に立ち返って、石牟礼のいう「存在の根源」

や「原初の光」へ帰ろうとする知である。私は石牟礼文学の魅力の一つを、その根源性に見ているが、それはたんなる物象の現象的なレベルでの近代の知に対して、より深い宇宙と存在の本質に遡ってやまない直観の知である。それは、石牟礼が「生命系の奥にある意志みたいなもの」とか、不知火海沿岸の基層民たちが昔からもっていた「もっともよき感性」、「ほとんど海の中の魚たちの知恵のような本能の力」あるいは「まだ解明されえぬ地球上の植生のような生命力」という根源の知ないし内発の知である。

石牟礼自身、対談「未完の世紀」(『石牟礼道子全集・不知火』16巻所収)で、この根源への志向について次のように述べている。

後年、水俣病と出合ったころには、海は惨憺たるものでした。近代化というのは、近代人の感受性の内側から始まったんです。何よりも私どもの感性そのものがずたずたになっているとしか思えません。そこで、自分の感受性の質を回復させるために川の源流に行ってみようと思いたったのです。水のあるところを伝って行き来して来たものたちの生存の感覚、存在の古層があるんではないか。

このような根源への関心は具体的には『ここすぎて　水の径』の、たとえば「源流」というエッセイや、『水はみどろの宮』や『天湖』といった作品として結実する。以下、前者の「海を拝む　山を拝む」というエッセイで、石牟礼は次のように言う。

海と生命について考えあぐね、ことにも人間のことを考えるのにつかれ果てていた。心身のよみがえりが得たかった。海とは別の方角の生命の湧くところ、川の上流の山々へゆこう。川が最初に湧くところ、そして流れ下るところに立ちたい。

③いのちと再生の知および身体性

また石牟礼のこの根源の知は、万象の根源に帰ることを通して、より内へ内へと深い根源から再生する再生の知であり循環の知である。つまり近代の知が実体のない機械論的な合理性の知へと堕落していったのに対し、石牟礼文学が描こうとするのは基本的に「いのち」であり、「根源のいのち」に関する知である。したがってそれは、全体的共同的そして根源的であり、さらに自己内省的で循環し再生し復活する世界を把握し表現する「いのちの知」である。患者たちは、近代の罪禍である水俣病の受難を担い通す覚悟を通して自ら和解を通して再生復活しようとしているし、不知火の海もまた、石牟礼がいうように「甦ろう、甦ろう」としているのである。

実はこうした再生の知こそ、近代の散文の精神を超えてイギリス・ロマン派の詩人シェリーが「樫の実」と呼んだ、内発性のいのちの芽である「詩」の精神である。石牟礼は、この点でまぎれもない、近代を批判したロマン派詩人の末裔であり、「ポエムの本質」を担う「二十一世紀への哲学」の芽生えなのである。したがって石牟礼のこうした「いのちの知」や「詩精神」は自己内発的で自己言及的な構造のために、それ自体が複雑な生を機械的な知によって殺してしまうのではなく、複雑系としての物語をそのまま表現しようとする物語性をもつのである。

さらに、このように石牟礼の新しい知がいのちの知であるということから、それは身体の知でもある。身体性は、石牟礼文学の最大の特徴のひとつだが、それは、以上の根源知やいのちの知と不可分のものである。石牟礼自身が指摘するように、身体は自然に接する自然の一部であり、人間に残された最後の「自然」であり、人間はこの身体という自然を通して外部の自然とつながるのである。前述の「身体の回復」のところで述べた身体性の回復がそれだが、石牟礼文学に独特の身体語を通して、この身体性がことばになる。近代以降私たちの大きな課題は心身分離と知のヴァーチャル化にあるが、石牟礼文学がこれほどの実感をもって共感されるのは、身体から遊離してしまった現代のことばが、石牟礼の身体知によって再結合されるからである。

④繊細の精神

また石牟礼文学の新しい知は、そのいのちの構造から、論理というより直観的なパスカルの「繊細の精神」でもある。この知は、近代のデカルトの「幾何学の精神」に対して、前述のような感性と気配の知である。石牟礼によれば、「近代」が失った生身の人間の感官とそこで、生き物たち、植物たちが一体化している」感覚や「ちょっと以前まで、人間の全器官に触知感」があったものだが、今日これらがすべて失われた。こうした、共同性の基礎としての感性を育む繊細の精神を、新しい知として復権せねばならないと石牟礼は考える。

私は「近代」の終わりの始まりの転換期、つまり世界史の転換期として一九六八年を考えているが、これはルネサンス以来の近代を形づくってきた近代精神が、この時期、人間性から乖離し虚構化し、たんなる機械的合理性やたんなる功利・打算への堕落が極限に達した時期である。この「六八年」が告発したのは近代的理性、近代国家、近代システムの虚構性であり、ここからどうやって人間の生を回復するかという問題であった（主要参考文献（33）参照）。私は石牟礼の思想を、このような世界史的な知の転換の文脈で考えなければならないと思っている。

これまで述べた①全体知、②根源知、③いのちの再生の知、はいずれも、石牟礼における「脱近代」への時代転換の知だが、これらはいずれも、一人一人が生身の人間としてもっている繊細な生の感覚である。石牟礼はまさにこの時代精神の転換の基礎としての「繊細の精神」の回復を求めていて、これこそ石牟礼の共同救済の基礎となる感覚である。たとえば『天湖』は、こうした生命の鼓動に満ちた繊細な音や声の気配に敏感である。


彼の感覚器官にまっすぐ投げかけられた網。それはおひな母娘の色彩に富んだ声紋と言ってよかった。その網は彼がこれまで気づかなかった自分の心の古層を丸ごとすくい取って、水底の村のむかしの天空へ、一気に解放したのだった。……

柾彦は湧きあがってやまない音と格闘しはじめていた。さまざまな樹木の声が一枚一枚の葉っぱの間から立ちのぼり、彼の五官をとり包んでくるのである。

過剰すぎた。誰がこんな音をたぐり出したんだと彼は思った。息が詰まりそうだった。落葉の音だと思われた。……

柾彦は時々濃くなる霧の中で、ああこれは生まれる前に聞いていた生命界の鼓動だと思った。……

⑤徳の復権

崩壊した共同性をどのようにして回復するか。以上、この課題に対して石牟礼は人間と社会の根底にある、全体を貫くいのちにかかわるいくつかの知をあげたが、最後に、人々の共同体の根底に共通する、「基層民」の「徳」をあげることができるだろう。それは石牟礼がいう「魂としての人格」であり、「企業の論理に寄生する者」ではない、「農漁民の視線から」見た「人間の美しさ」をもった、真の自主と誇りに生きる人々の中にあるものである。それはチッソが負うべき道義を自ら負った無名の患者であり、他方では、これを「義によって助太刀いたす」(本田啓吉)として支援した、これもまた無名の人々である。それは、基層民が本来もっていた「徳」や「雄々しさ」や勇気のことであって、これこそ人間社会の基底をつなぐ絆だと、石牟礼は考えた。また、この石牟礼の「徳」論の中に私たちは、ルソーの『学問芸術論』の文明批判を重ね見ることができるだろう。

以上の新しい知は、全体として人間と自然との間をつなぐ新しい共同の知であって、これは企図や利潤という目的の下に一切が機械化され手段化された近代の知を超えて、人間と社会と自然の一切の本来の共同性をあらためて再興しようとする「和解の知」である。石牟礼はこの共同性を、たとえば「煩悩」ということばで、次のように表現している。つまり煩悩とは、「相手を全身的に包んで、相手に負担をかけさせない慈愛のようなもの、それを注いでいる心の核を、その人自身を生かしているもの」であって、「人さまにも、畑にも、海にも山にも、私たちは生きているものことごとくと交しあいたい思いに満ちあふれておりますよね。そのつきせぬ煩悩が断ち切られるのが辛い……」(『葛のしとね』)という「煩悩」。つまりは豊かな関係性の中で生きる叡知こそ、石牟礼が提起した、近代知を超える新しい共同の知なのである。

石牟礼道子の思想形成

では、このような新しい感性や知を石牟礼がどのようにして獲得してきたのか。石牟礼の個人レベルでの知の形成について、以下の三つの契機から簡単に見ておきたい。

①「不幸な意識」

第一の契機は、渡辺京二が指摘する、石牟礼における以下のような「不幸な意識」である。つまり、ロマン主義の発生に深くかかわる「不幸な意識」とは、この世に在りようの無さであって、石牟礼においてはその少女期の体験に由来する。それは、「一人の人間の魂がぜったいに相手の魂と出会うことはないようにつくられているこの世、言葉という言葉が自分の何ものも伝えずに消えて行くこの世、自分がどこかでそれと剥離していて、とうていその中にふさわしい居場所などありそうもないこの世」と見る意識のことを言う。それは、自分の存在がどこか欠損しているという意識の裏返しであって、『苦海浄土』は渡辺京二によれば、「そのような彼女の生得の欲求が見出した、ひとつの極限的な世界」であり、「彼女の不幸な意識が生んだ一篇の私小説」(「『苦海浄土』の世界」)なのである。

不幸な意識は個々人特有の生活環境と感性から生まれるが、石牟礼もその物心ついたときからの、心に障碍をもった祖母の存在に加えて、小学校に入るか入らぬかの少女期の破産と没落そして転居という生活環境の激変が、石牟礼の内面形成に深い傷を与えたことは明白である。これら原体験によって石牟礼は、その少女期から強い感性とこの世との徹底した隔絶感・孤独感を獲得し、ここから強靭な個の意識と不幸なものへの深い共感が生まれたのである。

②自己教育

第二の契機は、石牟礼が受けた(あるいは、受けなかった)教育、ないしは彼女が獲得した自己教育の質である。家庭の没落によって、その後の石牟礼が受けた教育は水俣実科学校での実務教育である。その後、戦時下の短期の教員養成教育を受けたものの、石牟礼は戦前社会における女性エリートの一定の条件であった旧制高等女学校教育は受けていない。石牟礼の教育は基本的に実務教育と自己体験とその強い感性による自己教育であり独学なのだが、むしろ当時のいわゆる高等教育を受けていないというメリットこそ強調されてよい。したがって、葦北で速成の教員養成教育を受けたときには既に、教師や師範学校出身の女生徒たちさらには当時の教育そのもののもつ欺瞞性に対して批判的な視点をもっていた。

さらに、この石牟礼における自己教育は、民衆知や「非近代の知」とも言うべきものに深く根差していた。つまり、石牟礼の回顧の中の家庭像は、後に崩壊するとはいえ、いつも祖父を中心に両親や使用人、それに障碍のある祖母をも包み込む、地域に根差した賑やかな大家族の絆で結ばれている。功利主義や個人主義といった近代価値観が浸透する以前の共同体的家族像とそこでの知恵や共感能力こそ、石牟礼の自己教育の基礎にあったのである。また他方で、没落による存在崩壊と欠損の意識と、それだからこそ家族共同体への郷愁というアンビバレントな感情が、石牟礼の自己教育の中で育まれたのである。

③水俣体験

第三の契機は、第二の自己の極限体験に重ねられた水俣体験である。これには二つあって、第一には『苦海浄土』の「五月」に記される最初の水俣病との出会いである。それまで多少の文学修業をしてきたといはいえ一介の主婦にすぎない石牟礼が、初めて水俣病患者と出会った究極の衝撃体験である。この出会いは、従来の文学でもルポの手法でもない、衝撃そのものの純粋表現として石牟礼独自の文体で描かれることになった。ここには、石牟礼の一見リアルで透明な視線の背後に潜む、身悶えせんばかりの根源的共感があり、それは後に「悶え神」とも「道行き」とも呼ばれる石牟礼独特の思想となる。石牟礼の並外れた共感能力は、誰よりも早く深く水俣病のただならぬ意味を直観したのである。それは、単なる市民的連帯や共感を超えた、「生の崩壊」への深い悔恨をこめた告発であり、思想的位相で言えばまさに「原罪としての近代」への告発であった。この点については、本書【Ⅲ】「共同救済とその方法」でくわしく述べる。

石牟礼にとって第二の水俣体験は、水俣病運動の体験である。水俣病闘争の最大の特徴は、それが已むに已まれぬ基層民のモラルから発した運動であったことである。前述の「水俣病を告発する会」の初代会長の故・本田啓吉の言葉のような素朴な市民感情が、水俣病運動の本質を最もよく示しており、石牟礼の原点もまた、そこにある。石牟礼はこの中に、いわゆる「市民運動」とは別種の、もっと根源的な「人間の生」の回復運動を見出したばかりではない。つまり石牟礼は、これを単なる公害告発運動としてではなく、さらに「文明史の戦い」へと深化させた。このことによって水俣病運動は、地域に発しつつ地域を超える普遍性を獲得していったのである。

以上の「不幸な意識」に始まり水俣病との出会いや水俣病運動とのかかわりという極限の体験を通して、石牟礼の中で近代知と思想を超える視野が獲得されていった。このような知と思想の構造転換を通して、石牟礼がめざしたものが、近代の対立を超える「和解と再生」という救済であり共同性の再興であった。次に、石牟礼の後期の文学の頂点ともいうべき『天湖』ほかを通して石牟礼における「世界」の回復のプロセスを見ていきたい。

【Ⅱ】和解と「存在」の回復

夢と現《うつつ》の和解――「橋掛り」

町田康は『天湖』の特徴として、例えば「夢と現実」といったような二項対立をあげている。しかしさらにその対立の意味を考えてみるとそれは、近代的自我と自我中心の世界観や認識における主客二元論が支配的となった結果としての、自己と身体、自己と他者、自己と自然の諸関係の崩壊や存在の喪失に他ならない。したがって私は、『天湖』の主題は、この世界喪失に対して、先ずは夢と現を架橋し世界を回復することにあると見ている。石牟礼の願いは、自らの一身をもって、見果てぬ内なる魂の世界（「原郷」）への「橋掛り」となし、魂の世界とこの世との対立を和解させて一つにすることにあった。以下、石牟礼がどのようにしてこの分離した世界の再結合を試みたかを見てみよう。

①分離した世界

夢を含めて、向こうの世界と現実の間はいつも見えない幕で仕切られていた。それは分離した世界ではなく、深くつながっていた筈だけれども、切り離されたシャム双生児のように、夢とうつつは互いに途惑いあっているのだった。

たぶん魂のようなものが向う側へ行ってしまい、留守をしているもうひとりの自分がひどく空虚になってしまうかもしれなかった。外側から、たとえば学校とか、近代的なつもりの母親の躾で育った僕は、内面的なものに逃げ出された空屋のようなものだ。祖父の魂も、たぶんそれに似たようなことで行方不明になったのだ。

（『天湖』）

このように石牟礼は、本来「深くつながっていたはず」の夢と現《うつつ》が近代の「幕」によって互いに分離されていると言う。ではこの分離の結果人間から魂が奪われた世界をどう回復するのかが、石牟礼の課題である。このような世界の分離は即ち、場の喪失のことだが、ここで石牟礼における「夢と現《うつつ》の橋掛り」、つまり「場の回復」へ向けて石牟礼が描く「夢と現《うつつ》の間《あわい》の世界」に注目しなければならない。

②間の世界――「花を奉るの辞」

昭和五十九年四月、かつて仕事場としていた熊本市真宗寺の御遠忌のために石牟礼が書いた「花を奉るの辞」という短文は、夢と現《うつつ》の間の世界を描く、文章というより一種の祈りの詩である。ここに描かれるのは、見果てぬ夢を見ようとする幻視の世界であり、それは「花」に象徴される夢であり且つ現《うつつ》であるようなひとつの「場」である。

春風萌すといえども、われら人類の劫塵いまや累《かさ》なりて　三界いわん方なく昏《くら》し　まなこを沈めてわずかに日々を忍ぶに　なにに誘なわるるにや　虚空はるかに一連の花　まさに咲《ひら》かんとするを聴く　ひとひらの花弁　彼方に身じろぐを　まぼろしの如くに視れば　常世なる仄明かりとは　この界にあけしことなき闇の謂《い》いにして　われら世々の悲願をあらわせり……

この世を有縁という　あるいは無縁という　その境界にありて　夢のごとくなるも花　かえりみれば　目前の御彌堂におはす仏の御影　かりそめのみ姿なれどもおろそかならず　なんとなれば　亡き人々の思い来たりては離れゆく虚空の思惟像なればなり　しかるがゆえに　われら　この空しきを礼拝す　然して空しとは云わず

（『花を奉る』）

花といい仏といい、間に立つものを介して石牟礼は祈る。夢と現《うつつ》、有限と無限、此岸と彼岸の間に一つの世界を見て、ここに悲願をこめて祈るのである。しかしそれは単なる祈りではない。石牟礼が「この空しきを礼拝す　然して空しとは云わず」というように、この祈りは、現《うつつ》と幻視のはざまに神話という一つの「場」の橋掛りを通して実現されると、石牟礼は信じているのである。

③共同の夢とその実現

（ⅰ）原郷への回帰

彼岸と此岸はわが身を通してつながり、祈りは幻視の世界の形成を通して実現できるという石牟礼の確信が、「然して空しとは云わず」の一語にこめられている。「じゃなか娑婆」、「よか夢なりとくださりませ」、「夢でなりと語らねば」とは、水俣の言葉で語られた石牟礼をはじめとする基層民の切なる祈りであり理想世界である。しかしこの夢は、単なる夢想ではない。さらに石牟礼は、「夢が本当でなからんば何が本当か。この世は嘘の皮でできとるじゃろうが」と人々に語らせる。つまり、この石牟礼の祈りにおいて、今の現実こそが嘘（虚）であり、夢こそが真実なのだという逆転が生まれる。『天湖』を貫くテーマは、夢こそが真実であって、どうやってこの真実（原郷）にたどり着くか、夢を現に戻すかということにあった。これは、「橋掛り」を通って虚実の世界の逆転をめざす小説である。

つまり『天湖』のテーマは、例えば前述の蟹となった克平に導かれて人々が天底村を目指したように、また以下の引用のように、沈んだ天底村を呼び戻そうとするおひな母娘のように、またタイムトンネルである中野駅前の銀杏の根元の見えない洞穴をたどって天底村へ帰ろうとした祖父の魂のように、原郷に立ち帰ることであった。以下、『天湖』から引用する。

僕の中に閉じ込められていた霊感が突然、月下の湖底から呼び寄せられて、そこに出てきた古い村の幽霊たちとともに、あの世とこの世をつなぐ道に出たのだ。そこから物語の奥へ連れてゆかれたのではないか。

祖父は、生きている間に帰りたかったろう。ここは昼と夜をつなぐ営みが、山の端から森の中へ、森から大地へ、そして水脈《みお》の中へと移ってゆくところだ。入り口はどこだろう、夕べの世界への入り口は。どこでもいいのだ、お前の目にふれるものすべては、意味への光とその影だ、と語りかける者が柾彦の中にいた。そのことを教えてくれたのはあの母娘だ。そして僕はその世界の入り口へ連れて行かれたのだった。月の花散る湖底の村へ。

このような原郷へ回帰する、いわばタイムトンネルのイメージは、石牟礼は次の俳句や短歌の「洞《うろ》」というキーワードからも知ることができる（『石牟礼道子全集』15巻の中の「あらあら覚え」)。つまりこの「洞」のその奥に、『天湖』という「秘湖」があるのだ。この秘湖こそ、本書の巻末の【補】の書評でもとりあげた石牟礼の『ここすぎて　水の径』で発見した湖である。

樹液のぼる未完の洞より蛇の虹
のぞけばまだ現世ならむか天の洞
天日のふるえや空蝉のなかの洞
岩窟の中に秘湖ありて春の雪
わが洞のくらき虚空をかそかなるひかりとなりて舞ふ雪の花

(ii) 回帰の条件——「新しい人」と共同再生

この原郷への回帰の条件として、石牟礼は次の二点を考えている。第一に、人間の再生である。それは主人公・桎彦の再生体験であって、桎彦は、以下のような原郷の感性の再生を通して、「新しい人」になる。ここでは人間の再生は、回帰の条件であり、結果でもある。

柾彦は体内深く入り込んで、自分の心を合理的であるかのようにはぎ合わせていたコンクリート文明がきれいに剝落してゆき、素裸になったやわらかい神経がふるえながら、足許の草の葉に摑まり、夜露の中に溶け込むのを感じた。

柾彦は、さっき火葬場でおしずの語った夢の、克平の蟹みたいに、生まれてこの方二十三年かかって出来た感性の表皮が、鼻すじや目のあたりから静かに裂けて、爪の先まで剝がれてゆくような感じを覚えた。心も体もまるで無防備で、生まれたての赤子よりももっとやわらかくなって、あたたかい川底の中に立ってゆれながら、ほとんど無意識に、水を弾こうとしている自分の指を感じていた。

第二の条件は、この原郷回帰が、集団の夢として見続けられるということである。本書の主人公は柾彦個人だが、そこで語られるのは水没した天底村の住民全体の再生と回帰の物語である。石牟礼において、夢は、今は現の世に仮の宿りをする村人（基層民）の中で、「じゃなか娑婆」として共に抱かれ共に語られることを通してのみ夢でありえたし、実現可能なものと考えられた。それは、以下、『天湖』の引用からも知られる。

あきらかに柾彦は、村人たちの夢の里帰りに、ついて往きつつあるのだった。千代松がそう言ったので、柾彦はさめたままで見る集団の夢の中には、長い経験の現実が幾重にも入り込んでゆくのだと、たいへんに興味深かった。一人の人間だけでなく、村落共同体の夢の働きを僕はいま、うつつに視ているのだろうか。

そうでなくともこの人々は、いつもみんなで、沈められた村を現実の神話にし、浮上させているのではないか。この人たちの精神生活の根は、依然として沈んでしまった天底村にあって、それはたぶん現し世にはない泉の水を汲んで生きているにちがいない。うつつの生活は、いわば世外のような下の村のどこそこに、仮の住居を構えているのではないかと、このとき柾彦には感じられた。

このように『天湖』で石牟礼が描く世界は、近代の「分離された世界」に対して、一方では個人の原初の感性への回帰と、他方では原郷への共同の夢を通して、夢と現《うつつ》の世界が和解し場を再生させていく物語であった。つまり、『天湖』では村へ出入りする「橋」が一つの象徴的なテーマなのだが、この神話的小説では、ちょうど能の橋掛りのように、石牟礼自身が橋となって夢と現《うつつ》の世界を橋渡しするのである。

さらに、この「夢と現《うつつ》の対立から和解」へという石牟礼の方法は、存在一般の和解という視座へと拡大される。

和解と救済――「存在」の意味の回復

①「存在」の意味のある世界

石牟礼は、「意味が解体した時代」としての現代について語る。石牟礼にとって、全存在が意味のあるものとして再生することこそ、世界の再生であった。思想史を見れば、丸山眞男の論文「「である」ことと「する」こと」が示唆するように、中世における「存在」とその意味は近代に至って解体し、手段である「行為」に取って代わられた。しかも今日、一切の存在は行為の先にある「企図」の手段と化した。目的であるべき「存在」と、「手段」であるべき「行為」とが逆転されてしまった。しかも、「行為」はつねに、忌まわしき組織化、分断、競争、効率を免れない。

これに対して、目的と手段を再逆転しなくてはならない。目的そのものとしての一切の存在の意味のある世界の回復こそ、石牟礼のすべての物語の中心課題であり、そこに石牟礼が描く原郷がある。こうして思想史上、石牟礼は近代批判を通して「存在」の回復をめざす思想家として位置づけられるであろう。以下のいくつかの引用から、『天湖』が存在回復の物語であることがわかる。

まず、「存在」の世界は、かつて確かに「在った」世界であって、それが再生してくるのである。

『妙なもんじゃや、水の下になってみたら、消えてしもうた世界の生き返ってくる』

『たしかに在った世界じゃった』……

『思えばすこやかじゃったぞ、昔の天底にゃ何でも、揃うてあった』

こうして確かに「在った」世界とは、どんな世界なのか。それは、次のように、それぞれの存在に「生命」と「意味」があって連続する世界であった。

柾彦は思った。たぶん世界というものの意味は、たとえばここに沈んだ村の、どこかの岩に咲いていた苔の花に宿っているのではないか。人の胸に思いが満ちて、はじめて声になった時のように。……

この母娘に出逢ってからは、一瞬々々に意味が宿り直すように思える。……暗い水の表に浮き沈みしていたまぼろしのような花が、おひな母娘の視ている透明な繭と重なっては消えるのを目で追いながら、柾彦は気づいた。そうだ、すべての物象は連続し重なりあいながら、生命を抱いているのだと。

僕らの世代では喪失の時代などと言ったりして、ニヒリズムをファッションみたいに身につけている奴もいる。だけど村を失ったここ天底では、存在に意味が生き返っているんじゃあないかしら。

ここは、僕にとって世界のはじまるところではないだろうか。ひとくれの土も粗雑に見てはいけない。世界を構成する要素で重要でないものはなにひとつない。

これらの引用に、石牟礼の存在論的世界観や哲学がはっきり示される。

けれども、天底の村に降り立ってみれば、樹々が育ち、水の流れる時間や、満ち欠けする月とともに生きる人びとがいる。存在の意味は無ではない。琵琶ひとつのことを考えてみても深淵な法則の中でみごとな影をもっているではないか。村の人たちはその意味を読み解き、組み合わせ、森羅万象の中に置いてひとつの世界像としてこれを眺め、自分を含めた人間や動物を役割をもったものとして意味づけないではおれない。

桑の葉のみずみずしい光は瞬時にそういうことを想わせた。ここではまだ、意味というものが湖の底の藻のように、刻々と再生しているではないか。

このように石牟礼が描く水底の原郷は、全ての存在が再生しそれぞれが生きて意味のある宇宙《コスモス》として描かれているのである。

②「存在」のダイナミズム

しかし、この「存在の意味のある世界」は、たとえば中世の目的論的な固定した世界ではない。そこには、たしかに「これまで柾彦を支配していた都市の、神経がずたずたにひき裂けるような無秩序な不協和音とはまるでちがう、植物界のやわらかい呼吸があった」。それは、「非常に入り組んでいながらもととのった宇宙的諧律のもとに、地上と地下とが、ひとつの森のような馬酔木の木の奥で、呼び交わしていた」調和的世界であると同時に、次のような連鎖と循環に基づく生命力溢れる世界である。

(i) 連鎖と循環

『天湖』の物語は、全体として連鎖と循環の構造をなしている。ダムに水没した天底村は、山の神と海から来る神が出会うところであって、神の往来と水系の要《かなめ》をなす地点である。この連鎖は、両神の神婚という多産と豊穣の象徴によって、この調和的で生命あふれる世界のダイナミズムを示唆するのである。この水系の連鎖と神婚のテーマと構造が、後の能「不知火」に引き継がれていることは言うまでもない。

「山と海をつなぐ水の筋は、所々方々にありますが、天底ちゅう名をもろうた村が、龍神さまのお旅所の、沖の宮を捨てたならば、ほかの水の筋のことも、意味が死んでしまい申す。雨乞いの時、海から来なさる龍神さまは、どこをお旅所にして休まれるか。なあ、あそこで休んで、一気に御岳に登って、雲ば呼びなはるのに、昔からあそこは通り道でした。あの神の宮のある場所は。あそこの水が通わなければ、海と山と、空をつなぐ道が無（の）うなるのとおんなじでござい申す。」

祖父がそう語ったことがある。いさら川下流の球磨川が海に入り、潮とまざりあう奥に沖の宮があって、年に二度、春と秋の彼岸の中日に、その宮の女神と、山の神とが交代されるのだと年寄りたちはいう。天底の村では山の神を送り出し、神の宮から来る姫神を迎える。海からも山からも竜神を乗り物にして見えられる。両神の出逢うお旅所の世話が天底の村の役目であったと祖父は語っていたのである。

いうまでもなくこれらの引用は、一種の神話に託された石牟礼の原初的で有機的な世界観を余すところなく示している。

（ii）生命のダイナミズム

「存在の意味のある世界」を貫くものは、神と水のそれぞれの循環であって、石牟礼は前述の「水の筋」という連鎖を重視する。そこは、そこを神々が伝って行く水路のことで、石牟礼の神話世界における存在の構造のネットワークイメージを象徴する。以下すべて、『天湖』から引用する。

村の者なら子供たちでも知っている。彼岸入りの日が、さめの日に、山の神と海の神の伴神たちが、あちこちの細い水脈を伝って、上がり屋の石垣の下で出逢いながら上り下りされることを。

村々にめぐらされている水路は、どんなに細いものでも、命のもとを運んでくれる水神様や山の神様の通路でもあった。年寄りたちは、そんな通路を登り下りする小さな神々の気配に耳をすまし、その往き来に通暁していた。

また、石牟礼のいう一切の存在はいつも、生成の過程にあって、それはまず「神婚」というイメージで語られる、ダイナミックな生命的世界である。神婚について石牟礼は、次のような豊穣の世界を描く。

神婚の場所は天底村の胎にある湖である。村人たちはそのことを謹み、歌を献じて神婚の夜が無事に明けるのを待ったのであろう。秋の彼岸には、天底の、見えない湖に宿る神がおだやかに和んで帰られる。次の朝、雨もないのに、いさら川がほのかに白濁している時、神婚はめでたく終り、河川のほとりは山々も畑も潤って、その年の潤いは沖までとどくはずである。海底の草も、魚介のたぐいも満ち満ちて賑わうであろう。海山を潤す神の宿るお旅所であった天底村。

さらに、この存在のダイナミズムは、二元論を超えた、混沌の渦のような自己と時間の存在が変容する「渦巻き」のイメージでも表現されている。それは、石牟礼の世界の混沌たるダイナミックな宇宙的構造を示唆している。

柾彦は、時々濃くなる霧の中で、ああこれは生まれる前に聴いていた生命界の鼓動だと思った。それは滝の流れ下る音にも似て瞬時もやむことはなかった。

……

まもなく木々の声はひとところにまとまり、轟々たる滝壺の音に変った。渦の内部に入りこんだ。あたりの景色が超音速のように、彼を中心に置いて幾重にもめぐった。柾彦は自分の曳きずっている都会的なもの、中途半端に身につけていた新しいものが、滝壺の中で脱げ落ちて、村と自分との潜在意識がひとつに溶けあってゆくのを実感していた。

こうして石牟礼は、『天湖』の湖底の村への回帰の物語を通して、近代の分裂と対立を超えた、生命あふれる、すべての「存在」の意味のある世界を描いた。これこそ、石牟礼における共同救済の世界であった。

【Ⅲ】共同救済とその方法——共同性の再興

共同救済の夢

『天湖』は、石牟礼の「もうひとつのこの世」の文学的表現である。ではそれは脱近代世界への夢想やユートピアにすぎないのかといえば、そうではない。実はこの「もうひとつのこの世」こそ近代批判の極限の表現であって、近代批判とこの『天湖』は表裏一体のものである。この『天湖』で言われていることは「共同の夢の実現」であり、それはつまり、共に一切が意味のある「存在」へ向けての魂の原郷への回帰であり救済にほかならない。

この「共同救済」の萌芽は、水俣病闘争の渦中で書かれた石牟礼の初期の『水俣病闘争　わが死民』の中にある。そこで石牟礼は「わが不知火、わが水俣病、わが詩経、わが死民」と呼びかけ、「水俣病の中でいえば〈市民〉はわたくしの占有領域の中には存在しない。いるのは〈村のにんげん〉たちだけである。このにんげんたちへの愛怨は、たぶん運命的なものである」と書いたが、その後展開されていった文学世界においても石牟礼を貫くものは、この水俣病闘争の原点にある「共同救済」にほかならない。ここで「わが死民」、「わが水俣病」と言うときの「わが」とは、もちろん近代的所有における「わが」とは全く逆の、己を超える「私たちの」という「わが」であって、ここで石牟礼は、共同という意味での「わが」がもつ真の共同性を意味している。以来、この「真の共同救済」は石牟礼の思想の一貫したテーマとなる。

問題は、この救済における「私たちの」ということだが、同書の「現実と幻のはざまで」の中で渡辺京二は、次のように書いている。

「水俣病はしょせん他人ごとである。その他人ごとに、日本の生活民はどれだけ徹底的につきあうことができるのか。これは試みるに値する実験ではなかろうか。……『もうひとつのこの世』、もしそういうものがあれば、われわれは患者・家族とともに、幻なりと垣間見たいと思っている」。

渡辺がここで「幻なりと垣間見たい」と言ったそのことを、石牟礼はその後壮大な文学を通して表現し続けたのである。

つまりこの真の共同性や共同救済は、どこまでも自己救済である「近代」とは対極のものであり、近代の利益の政治や、自我中心の近代文学とは全く異質のものである。石牟礼の魅力は何といってもこの点にあり、この石牟礼の共同性の視線の先に私たちは未来をも見通せると私は思っている。というのは、石牟礼が右に述べた「市民」から「にんげん」へ、これこそが以前私が「思想史における「一九六八年」」(『ロマン主義から石牟礼道子へ』一章)で述べた、六八年以来の近代から脱近代への時代と価値の転換の中で追求してきた基本テーマだからである。私たちはどのようにして、近代における人間と社会の虚構性を突破して、真の共同性を回復したらいいのか、この点こそ石牟礼の最大の課題である。それを明らかにするため次に、石牟礼における共同救済の方法について考えたい。

共同救済の方法――悶え神、道行き、徳の共同性

現代思想家としての石牟礼の最大の魅力は共同救済にあるが、その方法として私は、①その人自身の資質にかかわる「悶え神」の思想、②他者との関係にかかわる「道行き」の思想、そして③人々全体の価値観にかかわる「徳の共同性」の三つをあげたい。それらは、「私たち」が「にんげん」としての一切の共同救済へ向けて「もうひとつのこの世」への共同の夢を実現させるための方法である。

①「悶え神」の思想

「悶え神」、つまり石牟礼自身が言う「人の悲しみを自分の悲しみとして悶える人間」とは、実は石牟礼自身のことであって、石牟礼の思想のキーワードのひとつである。村にはかつて、ふだんは役に立たなくても、村の吉凶の大事には、「悶えてなりと加勢せねば」とばかりにいち早く反応して賑やかに感情を明らかにす

る人がいて、村では「悶え神さん」と尊称さえされた。ここで石牟礼の中では祖母おもか様のイメージが重ねられていることはたしかで、その遺伝子が、自分にもあることも自覚している。

また石牟礼おいて、この「悶え神」がネガティブなものでなく貴重な資質と考えられていることはもちろんである。この「悶え神」の感性こそ、たんなる共感を越えて、前述の時代転換期における「新しい知」である「共同の知、和解の知」や「繊細の精神」に通じる貴重な資質だからである。

さらにこの「悶え神」とは、言い換えれば、真の意味で時代に先駆ける「詩人」のことかもしれない。シェリーが『詩の擁護』で、詩人は時代の「未公認の立法者である」と言ったように、時代の悲劇や変化に真っ先に反応し心痛めて悶えるのが詩人である。ここで水俣病運動の濫觴をたどれば、その源流のひとつに、水俣の代用教員の妻で当時は物書きでさえなかった主婦・石牟礼道子の「悶え」があることが分かる。この点で石牟礼は詩人であり、時代に先駆ける「胚」である。コールリッジは「歴史は神が書く詩である」と言ったが、「歴史は詩人が書く詩である」とも言えるだろう。この詩人の役割について、石牟礼自身は、『陽のかなしみ』で、次のように言う。

文字化されえないすべてのもの、音声化されえないすべてのもの、かんじょうの中に入れられないもの、打ち捨てられているものたちは、今も未解読の哲学を語り続けている。それは大地が吐いてくれる言霊の霧である。それを読み解くものがいなくなった時、わたしたちの文明は完全に滅ぶだろう。詩人の仕事はそこらあたりにあるのではなかろうか。

ところでこの「悶え神」だが、石牟礼は時代に先駆する詩人ではあっても、降霊者のようないわゆる「巫女」でも「呪術師」でもない。悶え神の仕事は、ある時代や事件が抱える問題やそれに対する集団の怒りや煩悶をいち早く直感でとらえて声をあげることであって、「降霊」や「呪術」という個人的行為とは全く異なる。前者は、時代の課題解決という思想性を担うという点で、思想家や詩人の歴史的社会的役割りに関わるからである。

では石牟礼は何に対して悶えていたのか。具体的に第一には、いうまでもなく、石牟礼がほとんど偶然に病院で出会った水俣病患者が置かれた悲惨に対する、これまでさまざまに論じられてきたような患者と一体化するほどの同情と憤怒である。この一体化については、以下の『苦海浄土』の有名な箇所を引用する。

病室の前を横切る健康者、第三者、つまり彼以外の、人間のはしくれに連《つら》なるもの、つまりわたくしも、告発をこめた彼のまなざしの前に立たねばならないのであった。……このとき釜鶴松の死につつあったまなざしは、まさに魂魄《こんぱく》この世にとどまり、決して安らかになど往生しきれぬまなざしであったのである。

このまなざしの前で、石牟礼は次のような、否応のない自己嫌悪と自己否定を強いられることになる。

まさに死なんとしている彼がそなえているその尊厳さの前では、わたくしは、——彼のいかにもいとわしいものをみるような目つきの前では——侮蔑にさえ値いする存在だった。

こうした人間であることにさえ耐えられないという自己嫌悪と自己否定は、同時に死にゆく者への限りない一体感へと昇華し、そのことによって石牟礼は「視る」ことを通して真の自己再生を果たすのだが、この点については前述の通りである。

さらにこうした個人の悶えは、さまざまな文学的表現を与えられるとともに、告発運動を通して社会化される中で、社会と歴史のありように対する「悶え」である文明批判へと展開された。つまり、合理主義、機械論、組織論で武装した近代企業の論理や、その根底の「近代市民」なるものの欲望と自我や利益中心主義と、そこでの人間と自然および一切の存在の道具化と疎外と存在喪失という「時代の病」に対する「悶え」へと社会化されていったのである。

さらにこの「悶え」は前述の石牟礼のいう「煩悩」と深く関わる。それはいわゆる「妄念」という意味ではなくて、石牟礼においては相手を包み込むような情愛であって、これも「悶え」の一つの姿なのだが、この「煩悩」について、私との対談（「石牟礼文学の世界――新作能「不知火」をめぐって」（『ロマン主義から石牟礼道子へ』補論Ⅱ所収））の中で石牟礼自身、次のように言っている。

「煩悩」と言いますのは、宗教的には絶たなきゃならないものですが、水俣では肯定的に使います。年寄りたちが幼い者たちに情愛をかけることを、「わたしは、あの子に煩悩で、煩悩で」と申します。情愛の表現として、離れがたい、絶つことのできない情愛を肯定的に申します。「あの子たちに煩悩でならんこって、あの世になかなか行けません」という風に言いますけども、患者さんたちとの間にも、こんな煩悩がわいてきました。

こうして、「悶え神」石牟礼道子は、煩悩の人でもある。

②「道行き」と真の共同性

共同救済の第二の方法は、「道行き」の思想である。これは、石牟礼の孤独な魂が水俣病被害者への支援活動という運動の中から発見し実践してきた行動理念である。これは、かつての共同体的結束や強制とも、近代の市民や組合等さまざまな利益団体の「団結」、「組織」、「動員」とも全く異質の、新しい「全体と個の関係」の形である。個に徹しつつ共同するとはどういうことか、それがここで問われている。

話は、石牟礼が水俣病患者とともに丸の内のチッソ本社に抗議の座り込みをしたときにさかのぼる。この時すでに石牟礼は、いわばその全思想の集大成ともいうべきこの抗議行動を、「あらゆる世間的な絆を自ら切りほどいて決別して行く」ものであって、これを「道行き」と呼んでいる。いうまでもなく「道行き」は、男女の情愛の究極の形としての死出の旅立ちのことである。しかし石牟礼の道行きは、患者へのたんなる共感や団結を超えて先ず自分が「徹底的に孤立」することにはじまり、「一人ででもあの世にいかなければならないと思い合っている者同士が、そこに絆を結ぶ」形のものである。この点について石牟礼は、前述の私との対談で、以下のように述べている。

それで、「連帯」も悪い言葉ではありません。「団結」も悪い言葉ではありませんが、「連帯」や「団結」だけでは、何か固い縄のようなものでお互いを縛っている気がして、もうちょっと何か、心の隅々まで、あるいは肉体の隅々まで、あったかくあたため合うような、死んだ先までも、あの世に行ってからも忘れがたいような絆がないと、あんな一二月の北風のびゅうびゅう吹く東京のど真ん中で座れたものではありません。

その絆のことを、わたしは「道行き」と自分に言い聞かせました。たとえば心中するときの、二人であの世に行く姿を「道行き」というのですが、お芝居で見せたりしますよね。これを私は道行きの旅だと思い聞かせました。しかしその時は、何かもの寂しいのですけども、道行きをする同行する自分というのは、徹底的に孤立してるわけなんです。一人ででもあの世に行かなければならないと思い合っている者同士が、そこに絆を結ぶ。それは普通の感情ではない。孤立の果てにふっと目を上げると、そこに同じような境涯の人がいる。この人たちと一緒に行きましょうか。というようなきもちなのですよね。

私は、安易な同情や連帯を拒み、徹底した個や孤独から始まるこの共同性の中に、むしろ近代の原点としての個我の自立を見る。たんなる利害の共同へと堕した近代の組織や団結を批判しつつ、石牟礼は本来あるべき近代的共同性の原点に行き当たったのである。このような石牟礼の道行きは、一人一人が己の内面の究極の良心の声に導かれて行動を共にする「道行き」という、あるべき共同性によって、真に「私たち」の共同救済の方向性を示唆するのである。それは、『苦海浄土』の「さまよいの旗」の中の水俣病に抗議する漁民たちの自然発生的なデモ隊と労働組合の組織された安保反対のデモ隊がむなしくすれ違う場面に象徴される。つまり昭和三十四年九月、安保条約改定阻止の組織化された四千余のデモ隊に、三百ばかりの漁民のデモ隊が遭遇する。その時の様子を石牟礼は次のように書いている。

漁民たちは、安保デモの拍手に羞らいと当惑をみせたまま、そのままつつみこまれて、水俣警察署前を通り、水俣川を渡り、第一小学校前の解散式に合流参加した。思えばそれはうつろな大集団であった。あのとき、安保デモは、「皆さん、漁民デモ隊に安保デモも合流しましょう！」

といわなかった。水俣市の労働者、市民が、孤立の極みから歩み寄ってきた漁民たちの心情にまじわりうる唯一の切ない時間がやってきていたのであったのに。

こうして、安保反対の組織化され企画された団結や組織の共同性は、一人一人が共に悶え道行きするところから始まる真の共同性とは異質だったのである。

③徳の共同性

共同救済の第三の方法、というより条件として、徳の共同性がある。能「不知火」は、「わが見し夢の正《まさ》しきに、終《つい》の世せまると天の宣旨あり。……ここに兇兆の海ありて」や「生類の世をながらく観照しておりしが、いずれ生命の命脈衰滅の時期来るはあらがひ難し」というように、終末の予言に満ちている。石牟礼は、この自然・社会・人間の一切の関係の崩壊を促したものこそ徳の喪失であるという文明批判を展開するが、その根底にあるものは、徳の共同性の崩壊である。この点で私は、多くの文明批評家がそうであるように、石牟礼もまたモラリストだと考える。『苦海浄土』の意図のひとつは、著者自身が言うように、「企業の論理に寄生する者」に対して「農漁民の視線からの人間の美しさを描」くことにあったが、『西南役伝説』も同様で、石牟礼の文明批判の根底にはいつも「農漁民の倫理」や民衆の美質が対置される。それはたとえば、次のように自立した誇り高い漁師であり、自然とともにそれ自身をひとつの文学として生きる漁師や農民たちである。

あの辺のお年寄りたちの、お百姓のおじいさんとか漁師のおばあさんとかおじいさんたちは、皆、何と言うか、私は文章を書きますけれども、あの人たちは文学そのものを生きておられます。ご自分では書かれませんけれども、その方の一生も、深い文学そのもの、世界の中身と、最新の文学を生身で生きておられる方だなと思います。

一艘の小さな船に裸足で乗って、宇宙の軸のように立っておられる老いた漁師さん、若者でもいいんですけど。何か、世界というものを、自分の体を軸にして測りとっておられる姿。(「波と樹の語ること」)

そういう意味で、漁師さんやお百姓さんというのは直感力がまだ豊かです。たとえば一艘の船を漕いでいらっしゃる、西の風じゃと思って空を見ていらっしゃる。そういう時その人は、躰を貫いて海の底から天までとおっている宇宙の中心軸となって動いておられるんですね。コンピュータなどよりは、はるかに精密な動きが舟の上の人と心と躰に内蔵されているのです。人にかぎらず、植物も生きものたちもその躰に、宇宙に向かう中心軸をもっています。

（『葛のしとね』）

現代の危機は、近代自由主義の価値観の分裂や相対化に起因する。さらには私たちが共通にめざすべき価値の喪失というより何より、一切が経済的価値に従属してしまった自由主義への根本的反省が今日求められている。これに対して石牟礼は、近代の自由主義や功利主義に毒される前の生活者・基層民の徳や正義の存在を確信する。これこそ現代思想が直面する最大の問題のひとつである「共通善」や共同体論のテーマであって、この点で石牟礼はまぎれもない共同体論者《コミュニタリアン》であって、さらにその基底には、草木虫魚ほか万物の連鎖するいのちと魂《アニマ》に支えられた共同性が存在する。

【Ⅳ】共同救済の文学と政治

こうして私は、現代思想家としての石牟礼の課題が、近代の対立を超えた近代後の和解と共同救済にあり、その方法として、悶え神、道行き、徳の共同性と、それらを通しての和解を挙げた。そこで最後に、こうした歴史を通しての和解と救済の思想を、石牟礼の文学と政治の位相からさらに明らかにしたい。つまり石牟礼にとって文学と政治は一体のもので、それぞれが近代の人間の自我や欲望の葛藤や対立や人間と自然ほか一切の存在との対立をどう和解させようとしたかについて見ておきたい。

共同救済の文学——近代文学を超えて

石牟礼の文学と政治は、脱近代の文学と政治である。とすれば、まず第一に近代の文学とは何かから始めねばならないが、これまでの議論の文脈でごく一般的に言えば近代文学は、近代的自我（主体）とその葛藤をテーマとして人間を描く文学であって、市民社会の知的エリートである文学者（職業としての作家）によって担われる。それは、一個の近代的自我が自分の独自の才能と個性によって展開する、あくまで「私」という私的自我とその内面世界の表現であって、文学という手段による、近代的自我の「個的救済」の世界である。

また、この近代文学の表現方法は基本的に、因果論や主体・客体の二元的認識という近代合理主義による。したがって近代文学は基本的に合理主義の散文的精神に依拠し、詩による表現も、散文的な言語世界をどう突破しようかと努力すること自体、近代知の散文的限界を前提にしているのである。

したがってここでの文脈に従って「文学における近代」の特徴をあげれば、次の二つになる。それは第一には、自我の葛藤とその知的救済と、啓蒙主義に見るような近代の知の中央集権主義、つまり近代国家形成《ナショナル・ビルディング》とセットになった知的エリートの支配を特徴とし、第二には、第一の特徴の当然の結果としての、古来の「基層民」（生活者）からの乖離である。

これに対して石牟礼の文学は、その主体やスタイルで、言うまでもなく脱近代の文学である。たとえば石牟礼自身、本来エリートでもなければ、そもそも物書きでさえない一主婦にすぎなかった。実際石牟礼自身、自分のことを「作家ではない」と言うが、それは事実上物書きとして出発したのではないということだけではなく、これは実は一種の「反文学」宣言である。それは、従来の近代文学における「作家VS読者」という作家主義への否定である。そもそも石牟礼が水俣病事件について書きはじめたのは、己個人の内面の葛藤からというより、石牟礼と患者たちに共通する「不幸な意識」に触発された「悶え神」石牟礼の「私たち」のやむにやまれぬ共同救済のためであった。『苦海浄土』という、これまで類を見ない、いわばなりふり構わぬ新しい文学は、石牟礼が「近代文学」として自分の内面の葛藤を客観化して表現したというよりも、患者たちの悲惨によって石牟礼が患者たちから「書かされた」文学である。その点で石牟礼文学は、いわゆる作家主義とは無縁の、「近代」を超える文学である。ここにおける石牟礼文学の表現やことばの力や特異性や、時空を超えて表現される「もうひとつのこの世」の独特の世界については、これまでさまざまに論じられてきた。

さらに石牟礼文学の内容として最も強調すべき点は、それが、もっぱら作家個人の自我表現とされてきた「近代」文学を超えて、身体、自然、神話、物語からその他一切の救済を通して豊かな関係と共同性の回復をめざす文学だという点である。私はかつてこれを、「私的自我中心の閉じられた近代文学」ではない、「類的救済の文学」と定義した。そこで石牟礼自身は、客観的な表現対象として「もうひとつのこの世」を描くのではなく、自身がその一部であると同時に、自分自身をそこへの「橋掛り」のようなものとしての一体的な表現を編み出したのである。

さらにこの「私たちの文学」は、「ひと様の文学」と言い換えてもいい。つまり石牟礼自身、「最後のメッセージ」と言う『花の憶土へ』で次のようなエピソードを紹介している。

石牟礼によれば、天草はかつて遠流の島であり、もちろん家族と音信不通の流人たちがその地で果てると、身内はだれひとりいないのだが、彼らは村の人たちによって葬られて土まんじゅうの墓となった。それを今も村人たちが掃除し守っているところがあるという。石牟礼が「これはどなた様のお墓でしょうか」とたずねると、墓掃除の人たちは、「どなたかわかりませんばってん、ひと様のお墓でございます」と答えたという。ここで石牟礼は、「『ひと様』ということばは実に美しく耳に響きまして、何か人間の心のかすかなともしびを見たような気持ちになりました。……世のまだこない世の中の花のあかりを見たような気がしております。」と言う。

ここでいう「ひと様」とは、石牟礼によれば、石牟礼自身も水俣病に果てた人々も一切を含む「にんげん」や「生類《しょうるい》」全体のことであり、これら衆生の救済への祈りこそ石牟礼文学のエッセンスである。この「ひと様」という祈りのようなことばでよばれることによって私たちは、「もうひとつのこの世」へと導かれる。つまり、近代の彼我の対立を超えた救済の世界へ入ってゆくのである。これが、「自我」から「ひと様」へという、共同救済をめざす脱近代の石牟礼文学なのである。

脱近代の政治――市民主義を超えて

まず最初に、石牟礼における「文学」と「政治」の関係についてふれると、そもそも「文学」(literature)とは広く文事一般を指すもので、「政治」という人間の営みと大きく重なる。それなのに石牟礼を読み石牟礼から何かを学ぶ際に私たちは、これまであまりにいわゆる文学者の「文学」にこだわってはこなかったか。自己完結的な「石牟礼文学」の世界に限定してこなかったか。しかし実は、言うまでもなく石牟礼が触発された水俣病は社会的政治的事件であり、歴史的文明史的事件である。石牟礼の「文学」は、この悲劇の課題と本質を暴き告発するための表現手段であって、石牟礼は決して文学のための文学を始めたのではなかった。水俣病をめぐる石牟礼文学はたしかにユニークで新しい表現世界の幕開けであったとしても、私たちは石牟礼の原点が水俣病告発闘争にあり丸の内のチッソ本社前の座り込みにあって、ここから「近代」とは何か、「国家」、「法」、「文明」とは何か、そして人間・歴史とは何かという問いかけが始まったことを忘れてはならない。しかもなお今日未解決の水俣病のみならずわが国や世界の文明史的方向はいよいよ末世へと突き進みつつあることへの危惧と痛みが、その後のそして今も、石牟礼文学の広がりと深さを支え続けていることを忘れてはならない。

そこで石牟礼にとっての「政治」だが、これもその「文学」と同様、近代を超える新しい地平を拓くものである。ではそもそも「近代」の政治とは何か。それは、自我と欲望の主体である「市民」の政治であり、一切が所有（権）のための法と政治のシステムに他ならない。それは合理性や合法性を基礎とした利害調整システムだが、実はそれら一切が虚構であって、それが虚構性の歯止めを失ったときに市民の欲望と利益の政治という本質がむき出しになることは、水俣病の例をもってしても明らかである。こうした物質主義的で功利主義的な市民政治からどう脱却し新しい政治をめざすかが、石牟礼にとって最も大事な脱近代の政治の課題であり、したがって石牟礼にとって政治とは、その初めから今日まで一貫して「告発」の政治なのである。

石牟礼は、「結局、市民主義は通用しませんでした」と言い、今日の病弊を、「この国の近代の虚妄とその中で均質化した擬似良心によって作られたシステム」の中に見ていた。これは、「近代の虚妄に賭ける」丸山眞男の、まさに対極に立つ。前述のように世界史の転換点としての一九六八年以来問われていることは、近代政治や市民政治つまりは近代システム全体であり、「市民」の限界性であり虚構性である。この「市民」に代わるものとして水俣をめぐる政治の中核に立ちあらわれたものが、患者であり「人間」であり、さらには前述の「ひと様」である。「死民」「棄民」「流民」と石牟礼がよぶ、近代法が掬いとれない人々を含む一切のいのちと魂の共同救済が、石牟礼の脱近代の政治の中心課題である。

では「私益」を中心とする「市民」の政治を超える新しい政治とは何か。新しい政治がめざす救済の主体も対象も「人間」、とりわけ前述の『苦海浄土』の「死旗」に描かれた漁師の仙助老人のような有徳の基層民である。それは、市民でも大衆でもない、その豊かな徳性と感性によって宇宙を自分の身体に重ねつつ自然とともに誇り高く自立して生きる生活民である。近代政治が今日の企業行動に象徴されるような「私」の欲望の利益政治であるのに対して、本来の「政治」とは、たんに生きるのではなく、よりよく生きる術であって、そのアリストテレスのいう最高善への政治の復権のためには、自然や他者と深く連鎖し徳の共同性を身をもって知る、古くて新しい人間の再生と、従来の利益団体の運動とは異なる、「市民」から「人間」を目的とする新しい運動が必要とされる。それが、前述の共同救済の方法として述べた、「悶え神」や「道行き」や「徳の共同性」によって可能となる、私たちの新しい政治と運動である。

ホッブズが「万人の万人に対する狼」と言って以来、近代の政治は基本的には性悪説を前提とし、どのようにして対立と悪を避けるかという消極的なペシミズムに立って構想されてきた。しかし石牟礼の基本的立場は、能「不知火」に見るように、たとえそうではあっても最も深いところには、人間の善の存在を信じる地点から再生したいという祈りがある。基本的に近代の政治と自由主義が人間不信であり徳の存在に対して消極的であるのに対して、石牟礼の立場は、であればこそ不信の循環を断ち切る、信仰的決断にも似た再生と救済の政治学であるといえよう。水俣病という人為の悲劇をふまえつつもなお共通善（徳）と「もうひとつのこの世」をめざすという意味で石牟礼は、近代自由主義の消極主義に対して、むしろ積極主義と位置づけられる。

しかしこの点からいえば、石牟礼は、実は「良き近代」を体現する思想家なのではないかとも考えられる。つまり石牟礼の思想を「近代」、「反近代」あるいは「脱近代」で区分するのは確かに分かり易い議論だが、話はそう簡単ではない。たしかに石牟礼は近代批判から出発する点で反近代主義者であり、その地点から脱近代を展望する思想家ではあるが、実は石牟礼は「堕落した近代」を根底から否定することを通して、「初発の近代」に原点回帰し、その地点に立ってワンサイクル上の「新たな近代社会」を展望しているとも言えよう。私の印象としては、石牟礼にはまさにルネサンス期の思想を思わせるような生き生きとした混沌がある。だとすれば石牟礼は、より積極的主体的に「近代後の近代」を展望し構築しようとする、「新しい近代」の思想家であるとも言えるだろう。これこそ、「近代市民」を超える「新しい市民社会」のありようをめざす思想であって、これは一方で、今日時代転換の中で注目されている、生命や生活の政治であるニュー・ポリティクスとも近く、他方、石牟礼は、近代自由主義の価値相対主義やペシミズムを越えて共通善の存在を前提とする共同体論者《コミュニタリアン》にもつながる、共同性の思想家でもある。こうして石牟礼は何より、根源的《ラディカル》で、かつ時代に先駆けて共同救済をめざす現代思想家だと言えるだろう。

　つまり石牟礼は、一人一人の魂深く語りかけてその再生を促すことを通して、「私たち」と時代を再生させる和解と共同救済をめざす思想家であって、その思想は現代の文明とその未来を考える沃土ともなるだろう。それはまた私たちに、たんなる感動と礼賛だけではなく真剣な対話を迫る文学であって、私もこれからさらに心して根源的に石牟礼に接近し読み続けていきたい。

【補】石牟礼道子と文学の力

フクシマからミナマタへ

三・一一の大震災から五年が過ぎた。復興の遅滞と忘却のはやさが危惧される今、これをふり返って、人知を超えるこの悲劇に対して文学は何ができるか、悲劇は文学に何をもたらしたのか、あらためて問う時期に来ている。

私は二〇一四年、被災地の閖上《ゆりあげ》（宮城県名取市）へ連れて行ってもらった。荒涼とした無人の野の一角に立ったとき私は、途方もない無力感の中で、石牟礼道子の能「不知火」の末世の予言めいた一節〈わが見し夢の正《まさ》しきに、終《つい》の世せまると天の宣旨あり〉を思い出した。

記録するという盲目的衝動

この東北の悲劇の圧倒的な衝撃から間を置かずに、まず俳句や短歌のような短詩型から、たくさんのすぐれた慟哭のうたが生まれた。以下はどれも、すでに人口に膾炙した高野ムツオの俳句である。

瓦礫みな人間のもの犬ふぐり
車にも仰臥という死春の月
陽炎より手が出て握り飯摑む
草の実の一粒として陸奥にあり
泥かぶるたびに角組み光る蘆
涎鼻水瓔珞として水子立つ
死者二万餅は焼かれて膨れ出す
春天より我らが生みし放射能

これらの句には、眼前の死の衝撃や、その中にもわずかに息づくいのちへの直接の感動、さらには圧倒的な不条理への怒りと慙愧を心に刻み詩化し記録せねばならないという衝動がある。それは、詩人の生命の直接の反応であり、文学者の本能のようなものである。これは、石牟礼道子自身『苦海浄土』を書いた動機としてあげた、水俣病患者を記録せねばならないという「盲目的衝動」と同じものである。文学の任務の第一は、天変地異の衝撃をまず深く心に刻んで、これを記録することである。

忘れないという、文学の役割

この記録するということはつまり、衝撃と感動を忘れないということである。とりわけ今回の悲劇は、防災の不備も含めて、運命や自然現象に帰してはならない、たとえば原発事故のような大いなる人災でもあった。しかも、五年を経た今もなお故郷を奪われた十万とも言われる人たちがいる中で、各地で次々と原発再稼働が進められている。

しかしこれは、かつて丸山眞男が論文「歴史意識の古層」で鋭く指摘したところだが、人間と社会の作為が作る歴史が、まるで自然現象のように「次々と成りゆく勢い」から「生まれる」と考えるわが国の精神風土とも深く関係している。

このような主体性と責任感の欠落こそ、いま私たちが忘れてはならない、もうひとつの「災害」なのである。

さらにまた、災害と文学との関係でいえば、私たちには『方丈記』のような諦念と無常の文学があるが、これは右の精神風土と無縁ではない。こうして、悲劇を決して忘れず記憶し続けるということも、文学の大きな役割のひとつである。

文明史的問いに答える文学――フクシマからミナマタへ

こうした人災という点で、五年前のフクシマは、ミナマタ、ナガサキ、ヒロシマへと遡って、いずれもカタカナで表記される世界史上の大事件となる。しかも今もなお私たちが直面するこれらの人災はいずれも、私たちの肥大化した自我や欲望および利益や快適の無限追求という、「近代」が生んだ災禍である。自分たち自身もその弾劾の対象に含めつつ、今日の私たちの文学はいま、この近代という課題にどう答えるかという重大な文明史的問いを突きつけられており、これに答えるものでなければならない。

そこでこの問いについて少し先取りして私の思いを述べれば、それは石牟礼道子とともに「本願の会」会員である緒方正人が言ったこと、つまり「チッソは私であった」と「もとのいのちにつながろう」という二つのことばに尽きる。いま文学に何ができるかという問いについては、フクシマからミナマタへ遡って、同様に悲劇から生まれた石牟礼文学に訊ねてみるのがいい。

石牟礼文学と未来を構想する力

(ⅰ) 怒りと告発の文学

ミナマタやフクシマに対して、予定調和的な自然観や文学は無力である。水俣病という大いなる人災に対抗する石牟礼の文学は当然、激しい怒りと告発の文学である。二〇一六年五月に公式確認六十年を迎えて今なお未解決の水俣病という近代の病に対して初めて文学的表現を与えたのは、『苦海浄土』である。その後、自伝小説、歴史小説、文明思想論、詩、短歌、俳句、果ては能まで、森のように生成発展する石牟礼文学の起点には、この怒りがある。

石牟礼文学は一方で、『苦海浄土』にはじまり、『天湖』や能「不知火」で頂点に達する、告発から和解と再生へという物語をなしている。他方、彼女自身、一方では憤怒と告発の貌、他方で和解と安らぎの貌をもつ二面神・ヤヌスの神である。この『苦海浄土』の基底には、臼井隆一郎が言うように母権制社会の喪失の強い痛みがある。この純粋な怒りは、「義によって助太刀いたす」（本田啓吉）と言った庶民の止むに止まれぬ素朴な正義感に基づく水俣病運動と共有されたものであって、当時の運動の記録である『実録水俣病闘争　天の病む』や『水俣病闘争　わが死民』（ともに石牟礼道子編）を読めば、水俣病の悲劇への怒りが、怒れる神・石牟礼と石牟礼文学を生んだことが分かる。

もちろん怒りや告発は、時代の課題により的確かつ根源的《ラディカル》に答える普遍性がなければ文学にならないが、『苦海浄土』は、悶絶する患者の痛みが乗り移ったような痛みの文学であるとともに、文明の終末を示唆する普遍性をもつ。こうした批判の深さと痛みは、以下の石牟礼の句のように、それに救いを訴えるべき「天」までも病んでいるという石牟礼の絶望の深さからもうかがえる。こうして、水俣の悲劇は文学となり、悲劇の文学は時代を告発する。怒りと告発は、時代と向き合う文学の仕事である。

列島の深傷《ふかで》あらわにうす月夜
死におくれ死におくれして彼岸花
毒死列島身悶えしつつ野辺の花
祈るべき天とおもえど天の病む

（ii）共同性の文学――「悶え神」と「道行き」

危機に際して発揮される文学の力は、共同の力（共同性）を生む。天為人為を問わず大きな危機に対して、人々には共同再生の力が生まれる。石牟礼は、怒りと告発を運動へと転化していく中で、「悶え神」や「道行き」という共同の力を発見していく。「悶え神」とは、かつて村にいて、日頃は役に立たなくても村の吉凶の兆しには敏感で、いち早く「悶えて」反応して騒ぐ人のことである。これは、石牟礼にとってはポジティブな新しい知で、実は石牟礼自身が、悶え神なのだが、他に抜きん出たこの先駆性こそ、共同の私たちを守り導く詩人や文学者の役割だというわけである。

さらに「道行き」とは、もちろん男女の心中のそれではなく、患者を支援し運動する覚悟とスタイルのことである。それは、たんなる同情や共感ではなく、徹底的に孤独でこうと思い定めた人たちの境涯の思いを賭けた同行の決断であって、これが祈りにも似た共同性の原点のようなものである。どこまでも個にこだわり、従来の組織化や運動に染まらない純粋な絆こそが、本当の共同の力を生むのである。

その他「わが水俣病」や「人さまの墓」という用語にも石牟礼の共同性が見えるが、こうして危機の文学は、共同の力を人々に与える。

（iii）未来を構想する文学の力——魂の共同救済

さらには、崩壊と行きづまりを通して、文学は、新たに「もうひとつのこの世」

を構想する力を私たちに与える。ここに、二面神・石牟礼のもうひとつの和解と安らぎの貌が見えてくる。どこまでも自我の葛藤と対立を主軸としそれからの救済の個的救済である近代文学に対して、石牟礼文学は水俣病という近代の普遍的衝撃の下で、私的世界を超えた共同救済をめざす脱近代の文学である。

水俣病という一大災禍は、自我や私欲を中核とする近代のシステム全体を破壊した。今日私たちが直面しているのは、ちょうど私が東北で見た被災の荒野のような崩壊であり、その光景の背後に見える一切の関係の崩壊である。つまり近代化の罪禍の果てに広がるのは、人間と自然、人間と人間、自己と身体その他一切の関係の崩壊であり、徳性と「存在」の崩壊である。これに対して、亡くなった患者も生者の魂も含めて一切の「存在」の意味をどう再生させ救済するかが、怒りと告発を踏まえた石牟礼の共同救済のプロセスである。その上で今日、石牟礼と水俣病患者たちの「本願の会」では、恨んで恨み切れるものではないとして、「ゆるし」について語られている。

このような「ゆるし」への転位について、石牟礼は次のように述べて（『石牟

礼道子対談集 魂の言葉を紡ぐ』)、患者たちが「わが神、わが神、なぜわたしを見捨てられるのですか」というイエスの叫びさえ超えて、次のように一切を引き受けて新しい人間の絆を求めはじめたという。

国も行政も地域社会も担いませんから、全部引き受け直して自覚的になって、もうゆるす境地になられました。未曾有な体験をなさいましたが、もう恨まず、ゆるす。ゆるさないとおもうと、きつい、もうきつい。いっそう担い直す。人間の罪をみなすべて引き受ける。こう言われるようになったのです。

さらに、この「ゆるし」は、たとえば現代の「私達は欲望の世紀に動員された」と言い「チッソは私であった」と言った緒方正人の思いと重なる。つまり緒方正人は、「加害・被害という関係は会社としてはもちろん今もある」が、「現代を生きるということを見たときには、もうほとんど加害性と被害性というものを持ち合わせざるを得なくなっている。そこに、総体としての人間の罪深さが私はあるんだろうと思うんです。」（「魂うつれ」第18号、二〇〇四年七月）と言うのである。

調和的な音世界を描く『天湖』には、生命世界のダイナミズムに満ちた「じゃなか娑婆」（もうひとつのこの世）が示され、ダムの湖底に沈んだ村の人たちは、「夢が本当でなからんば、何が本当か」や「よか夢なりとくださりませ」と、共同の夢の力を信じて原郷をめざす。実は、ミナマタやフクシマの激震と崩壊だけではない、私と私たち全ての心の中にひろがる一切の関係と「存在」の崩壊、さらにはその原因であり結果でもある、ことばの力の喪失とその崩壊の中に、現代の危機がある。

ミナマタからフクシマへ続く悲劇は、この現代の危機の本質を私たちに知らしめるとともに、文学の力で、あるべきもうひとつの世界を構想する力を与えてくれる。私たちは、文学とことばの力で世界を構想していかねばならない。とりわけ詩は、イギリスのロマン派の詩人シェリーが言うように、「その中に一切の樫の木を潜在的にふくむ、最初の樫の実」であり、時代に先駆ける「未公認の立法者」なのだから。

（「俳句」（角川文化振興財団）平成二八年三月号「〈災害と文学〉石牟礼道子と文学の力」を一部変更）

いのちを灯す存問《そんもん》

私は本書で、近代と脱近代を縦軸、文学と政治を横軸に、石牟礼における新たな価値や共同救済のあり方を考えてきた。

ところがこの本を三月末に脱稿したと思ったら、四月十四日と十六日の激震とそれ以降の長い余震に見舞われた。地震を通して私は、大きないのちの中で互いのいのちを慈しみ気遣いあうことの大切さに気付いた。これは虚子のいわゆる「存問」だが、ここでも私は石牟礼の悶え神、道行き、徳といった価値観の転換と新しい共同性の萌芽のようなものを見た。今回の熊本地震はまた、阪神、東日本の大震災に、さらにはヒロシマ、ナガサキの衝撃に連なる価値観や文明観の変更を迫るものだったのである。

今回私たちが経験したこの「存問」の思いこそ、自分自身を橋掛りとして、対立する自然や他者と和解し、本来一つのものであった大きな「存在」に回帰しようとする石牟礼の共同救済の思想に他ならない。以下は、私の震災記である。

まさかの二度にわたる震度七の激震。いつ止《や》むとも知れぬ連日の余震は、私達の意識を漂流させ困憊《こんぱい》させた。避難所生活に車中泊と、まるで「三界《さんがい》に家無し」。戦時の防空壕もかくやという恐怖。まず、なくなられた方のご冥福をお祈りしたい。

地震から学んだことの第一は、優しいばかりではない自然の猛威と人間の無力、および日常の無事の有り難さである。第二に地震は、私たちの物質文明や価値観を根底から揺さぶった。ちょうど地震の十日前、「世界で一番貧しい大統領」のホセ・ムヒカさん（ウルグアイ）が来日。「本当の豊かさとは何か」を問いかけた矢先の地震である。飛散した食器や瓦礫の山を前にして、私たちはあらためて一番大事なものについて考えさせられたし、生きる覚悟のようなものを迫られた。

第三に、今回の地震で私たちは、地域の誰彼に声をかけ安否を気遣い始めたが、こんなことは初めてだ。私たちは危機に遭遇して、日頃の個人間の利害や無関心を超えて、自分たちが大きないのちを共にして生きていることに目覚めた。私は近所の人と安否を確かめ合いながら、これが虚子の言う「存問《そんもん》」だと思った。虚子は「お寒うございます。お暑うございます」という「日常の存問」が俳句だと言った。私たちは自然、他人、自分自身ほか一切に声をかけ挨拶《あいさつ》し、互いのいのちを触れ合わせつつ、これを俳句にしてきた。

私が二〇一五年出した句集の名は『相聞』。これは「存問」に近く、互いにいのちを確かめ合いつつひかれ合う万物の相を描きたかったのだが、私のイメージの中心にあったのは、近くの美里町の可憐《かれん》な古い石橋。余震の中、私は一番にここへ駆けつけたが、桜の古木に守られて両岸をつなぐこの石橋は、私の存問に応えて無事の声をあげた。

私たちはこの大きな宇宙の永遠の時間の中のほんの一瞬の過客にすぎないが、であればこそ、互いの小さないのちに声をかけ慈しみ合って生きねばならない。これが、私が揺れる闇の中で考えたことである。今私たちは、ほっと命拾いの一息をつき、闇に点《とも》り始めた春灯に復興の希望をつないでいるところだ。

余震なほ指先にある春の闇　　岩岡中正
緑蔭に命拾ひの立話　　土屋芳己
復興へ春灯一つづつ点る　　利光釈郎

（毎日新聞、二〇一六年五月三十日付）

直観の思想詩　書評『石牟礼道子全句集　泣きながら原』（藤原書店、二〇一五年）

このたび『石牟礼道子全句集　泣きながら原』がまとめられ、俳人・石牟礼道子の全貌が明らかになった。本書のポイントは二つある。

第一に、歌人として出発し小説で世に出た石牟礼にとって「なぜ俳句か」という問いである。実は、石牟礼自身、ふっと湧いたイメージを書きとどめる俳句の方が「性に合う」と感じているし、何より、俳句はズバリと対象の本質に切り込む点で、散文より力強く思想の中核を摑《つか》んで表現できるからだ。石牟礼の俳句は、自分の思想を詩人の直観で伝える「思想詩」である。たとえば、水俣の海を思いつつ、九重の泣きながら原で作った、以下の句。

祈るべき天とおもえど天の病む

死におくれ死におくれして彼岸花

三界の火宅も秋ぞ霧の道

これらは一切の存在への不安や絶望であり、生きていることへの自己嫌悪や居たたまれなさであって、石牟礼文学の中心思想である。しかしそこから、以下のような、いのち溢れる救済と再生の原郷の世界がひろがる。

霧の中に日輪やどる虚空悲母《こくうひぼ》
さくらさくらわが不知火はひかり凪《なぎ》

第二は、「いまなぜ石牟礼俳句か」という点である。例えば次の句。

列島の深傷《ふかで》あらわにうす月夜
毒死列島身悶えしつつ野辺の花

二〇一一年三月十一日は石牟礼の八十四歳の誕生日。驚愕の一日だったが、その年の春・夏の句。「ミナマタ」と「フクシマ」は、まぎれもなく連続していたのである。水俣の再生を模索する矢先に、私たちの文明は取り返しのつかぬ深傷を負い、「毒死列島」と化した。それどころか、今日私たちをとりまく政治・経済・法システムの一切が、石牟礼の「いのち湧く海」の原点から、いのちをおろそかにする方向へと大きく逆行しはじめた。今日ほど切実に石牟礼の思想、詩、ことばの力が必要とされる時代はないだろう。

その他、いかにも石牟礼らしい大らかでユーモラスな俳句も、忘れてはならない。

（熊本日日新聞、二〇一五年七月五日）

魂の救済の文学　書評『ここすぎて　水の径』(弦書房、二〇一五年)

本書は一九九三年春から二〇〇一年秋にかけて、鹿児島県出水市の農協の広報誌に掲載された石牟礼道子のエッセー集である。全篇《ぜんぺん》まとめて刊行されたのは初めてで、石牟礼にとって文学的多産のこの十年の作品の誕生の背景が、ここから見える。本書は、『苦海浄土』以来のさまざまなテーマが、『水はみどろの宮』『天湖』『アニマの鳥』から新作能「不知火」の頂点へと結実していく時期の、石牟礼の「心の旅」の表白である。

この時期『煤の中のマリア』にも見るように、石牟礼は実によく旅をしている。海の人・石牟礼は、九州脊梁《せきりょう》の森、山、川の源流へさかのぼって、自分の記憶や存在の原点やまだ描かれていない神話の世界をめざして旅をする。水俣病運動が、その内なる葛藤の中で「本願の会」へと深化したのと同様、石牟礼の文学もその領域と深さを増していったと思われる。

エッセーのテーマは多彩で、ユーモアあふれる民話調の語り口や、「存在のかなしみ」や「この世との違和感」といった石牟礼を文学に駆り立てた動機をめぐるものもある。ただ最も興味深いのは、『水はみどろの宮』や『天湖』のモデルとなった〈幻の湖〉や、『天湖』の音世界の原点を示す〈原初《はじまり》の音〉である。なかでも、〈石の中の蓮〉は、著者が、ダム湖底の村に下りて赤子の墓にふれた感触まで伝わってくるように思いが深い。

赤んぼの墓碑がいくつかあった。愛らしく作られていた。印象深いのは、墓石の額に、蓮の花が一輪、刻みこんであることだった。だから墓碑たちは、蓮の印を一輪、額につけてもらって、湖底に眠っていたことになる。ちょっと目には彼岸花のようにも見える簡略な線描の蓮が、乾いた水苔の下からのぞいているのを見て、わたしはほっとした。墓石をそのように作るのは、この地方の習いかもしれないが、どこの石工の手がこの墓を刻んだのだろう。出来上って遺族たちと墓地に運び、このように横に寝かされるまで、どんな人びとのやりとりがあったのだろうと想像した。
赤んぼうの花は、ひときわ入念に刻みこまれ、あたかもねむった瞼が見えるようであった。わたしと死者たちとの対話が、ぽつり、ぽつりと始まった。そうか、招き寄せられて来たのかとわたしは思った。
人間たちの戒名、俗名を泥土の中に読んでゆくうち、「草木虫魚万霊供養塔古屋敷村民一同」と刻んだのがあり、人間の墓と少しもちがわない。花もちゃんとつけてもらって、人間たちのものと一緒にダムの澱をかぶっている。

これらに加えて〈命の花火〉その他のエッセーから浮かび上がってくるものは、「山の襞々の深く隠れすむ魂たち」や「万物の霊への畏敬」と祈りであり、今日私たちが失った命の光とその連鎖の物語である。

生命という生命は、今あの光の下の海で、たしかに受胎しつつあるのだと、見るたびおもう。そして、海の中に連鎖して爆ぜる命たちの花火を、うつつに視ているような気持になる。

「あとがきにかえて」書かれた〈魂の灯りをつないで〉は、「死者と生者の間の魂の交流」のある「厚味のある輪廻の世界」への渇仰を述べ、「前世も未来も、人はみな魂の灯りを連ねて、ゆき来して来たのだと今更ながら思う」の一文で終わる。本書は、『苦海浄土』以来石牟礼が追求してきた魂の救済の文学について、自身の肉声で伝えるものである。

（熊本日日新聞、二〇一六年一月一〇日を一部変更）

石牟礼道子研究をめぐって

最後に私は、これまで述べてきたように常に現代的関心をもって今後石牟礼研究がさらに展開されることを期待する。そのためには、第一に多様な視点からの接近が必要である。第二に文学であれ環境・文明論であれどのような視点からの接近にも、客観化が必要である。第三にこれらの多様化と客観化を通して石牟礼の思想の全体像に挑む総合化、さらには国際的な共同研究が必要だろう。

多様化という点では、石牟礼研究は、表現論、言語論、文学論、環境論、文明論、思想論、地域研究と広がりつつあり、その層も多様で石牟礼の諸著作に関する個別の評論や研究も蓄積されて、理論化も進みつつある。石牟礼の人間と思想の全体像を把握するには、渡辺京二『もうひとつのこの世』が示唆的である。また、石牟礼の一次資料については丹念な『石牟礼道子全集・不知火』（十七巻、別巻一）のほか、その補遺にもあたる数々の単行本も最近精力的に出版され、石牟礼の全体像も明らかになりつつある。とはいえ未整理資料はなお山積し、これからの整理と研究が待たれるが、二〇一四年、石牟礼道子資料保存会が発足し、石牟礼がかつてそこを仕事場としていた熊本市の真宗寺で活動を開始したことは、何よりの朗報である。また、国際化という点では、石牟礼の主要著作の外国語訳も少しづつ進みつつある。最近ブルース・アレンによる『天湖』と能「不知火」の英語の全訳が出版されたし、また、総合化とも関連しつつ環境文学を超える幅広い視点から、ブルース・アレン／結城正美共編『石牟礼道子の環境文学論集—海と空の間に』（レキシントン・ブックス、主要参考文献（36））が日・米・カナダからの寄稿をまとめて二〇一六年初頭に出版されたばかりである。

天地の間《あわい》に語り続ける詩人──あとがきにかえて

石牟礼道子さんは「間《あわい》」の人である。私は石牟礼さんに、天地の間に語り続ける詩人のイメージをもっている。以前、次のような「間の人」というタイトルのエッセーを書いたことがある。

自分の勝手な思いこみで石牟礼さんについて色々と書いたものを本人に差し上げると、「本当にまあ。私はこんなことを考えていたんですか」と心から驚かれる。私は思想史を専攻しているのだが、研究対象は歴史の彼方の外国の本の中などではなくて、この目に前におられるのだから、こんな素敵なことはない。とはいえ、いつもニコニコと笑っておられる石牟礼さんにお会いすると、私は聞こうと思っていた質問などたいてい忘れてしまうから、もったいない話だ。

石牟礼さんは不思議な方で、目の前に座っておられる本人と、まるでシルエットのようにして魂だけが浮かんで語っておられる姿と、いわば実態と幻影の二重写しに見えるときがある。ときにゆっくりときにもどかしげに話されるのだが、それが一方で現《うつつ》の声として、同時に魂から発して私に伝わる空《くう》なる声として、二重音声で聞こえるときがある。作品の印象もそうで、彼岸と此岸《しがん》の間に遊ぶ自由な世界が、何ともいえない魅力なのだ。石牟礼さんは間《あわい》の人である。

あるとき、石牟礼さんにとってどんな時が幸福ですかと聞かれて、石牟礼さんが即座にこう答えられたのをはっきり覚えている。それは、私が風になって吹かれているとき、自分が感受性に満ちあふれて宇宙と一体化していると実感しているとき、その時が一番幸福で、私は風にそよぐ雑草の一本として精霊の物語を伝えていきたい、と言われた。

この答えから、まず石牟礼さんにとっての認識とは何かがうかがえる。それは、認識の主体と客体という近代の二元的対立を超えて、何とか対象と一体になろうとするものだ。それはそもそも「認識」というより、自分が元々、宇宙という全体の一部であることへ回帰しようとする思いのようなものではないか。石牟礼さんにとっての認識とは、渡辺京二先生によれば、客体を分析するような認識ではなく、無数にそよぐアンテナか触手のように全体を「感知」することなのだ。

つまり、石牟礼さんにとって幸福とは、元々自分がその一部であった全体という「存在」に還ることだ。これを存在の復権と呼べるだろう。近代化が「存在から作為へ」であったとすれば、今日の脱近代化とは「作為から存在へ」立ち戻ることである。私たちは再び存在の根源に立ち戻って存在の絆を回復しなければならない。

こうして石牟礼さんの幸福観や「存在」への回帰の思いにふれていると、ふと高浜虚子の俳句を思い出した。

天地《あめつち》の間《あわい》にほろと時雨かな

小さな自我が宇宙の彼方へと昇華し、ほろと時雨がこぼれたかと思うと、詩が生まれる。石牟礼さんは、そのような詩と宇宙の物語を、天地の間にあって語り続ける人である。

（「機」一六一号、リレー連載 石牟礼道子という人（8）、二〇〇〇年六月、藤原書店）

この天地の間にほろとこぼれる石牟礼さんの詩と宇宙の物語を聴き始めて久しいが、このたび機会があって、その物語を少し書くことになった。

私はいわゆる六八年世代で、直接戦争は体験していないもののよく聞き知っており、戦後復興と良き戦後近代を享受して育ったが、その行きづまりや崩壊も体験してきた世代である。この未来の見えない時代転換の中で、何とか座標軸はないものかと思ってたどり着いたのが、現代思想としての石牟礼道子だった。

石牟礼道子の魅力は、その自己生産的な混沌とヤヌス神のような怒りとゆるしの二面神のアンビバレンスにあるし、さらにその先に救済と「もうひとつの世界」がほの見えるように語ることばの力にある。石牟礼さんのことばには、私たちの「存在」や「関係」や世界の本来あるべき姿を浮かび上がらせる力がある。

前著『ロマン主義から石牟礼道子へ』（二〇〇七年、木鐸社）のキーワードは「近代批判」と「共同性の回復」だったが、本書のテーマは、「私」ではなく「私たち」が対立をこえて、他者も自然も含めてどのようにして和解し共に救済されるかという「共同性の再興」である。

この共同性の再興に関してとくに興味深いのが石牟礼の「道行き」論であって、その徳の議論も含めて一見共同体論者《コミュニタリアン》にも見える石牟礼の議論の中に、道行きの単独者としての屹立する近代人の姿を垣間見ることができる。前近代、反近代と思われる石牟礼の中に、近代の原点のようなものがあって、ここに新しい共同性のあり方がほのと見える気がする。私たちは魂の灯りを連ねて、新しい共同性の再興へ向けて歩み続けるのである。

私は、二〇〇五年に熊本県からの求めで公開講座「石牟礼道子の世界」（二〇〇六年、同名で弦書房より出版）を企画し実施した。何しろ初めてのことで勝手がわからず、何もかも渡辺京二先生にお世話になった。さらに二〇〇九年に熊本大学共同研究プロジェクトのシンポジウム「石牟礼道子と二一世紀への応答」を熊本市で開催し、ここでは国内外からのゲストを迎えて有意義な議論ができ、石牟礼さんも出席された。だがその後私自身は、「近代」をめぐって高浜虚子や正岡子規のことを書いたりしていて、石牟礼研究からやや遠ざかっていた。しかし二〇一四年結城正美、ブルース・アレンのお二人の編著で米国から出る本へ執筆のお誘いがあって石牟礼研究を再開した。そこへ、今年の二〇一六年五月一日が水俣病公式確認六十年ということで、昨年二〇一五年五月、弦書房の小野静男さんから石牟礼論を書くようにお話があった。この機会を与えて下さった上に多くの貴重な示唆をいただいた小野さんと、今回の原稿を入力していただいた、くまもと産業支援財団の田尻琴美さんに感謝したい。（なお、この原稿を脱稿したのちの四月半ば、熊本地震に襲われ、その余震の中で校正の筆を執っているが、いまあらためて人と人とのいのちのふれあいと共同性を実感しているところである）

二〇一六年三月

岩岡中正

〈主要参考文献〉

（1）『石牟礼道子全集・不知火』全十七巻＋別巻一（藤原書店、二〇〇四〜二〇一四年）
（2）『苦海浄土』石牟礼道子（講談社、一九六九年）、解説・渡辺京二「『苦海浄土』の世界」）
（3）『実録水俣病闘争　天の病む』石牟礼道子編（葦書房、一九七二年）
（4）『水俣病闘争　わが死民』石牟礼道子編（現代評論社、一九七二年）
（5）『天の魚』石牟礼道子（筑摩書房、一九七四年）
（6）『椿の海の記』石牟礼道子（朝日新聞社、一九七六年）
（7）『西南役伝説』石牟礼道子（朝日新聞社、一九八〇年）
（8）『あやとりの記』石牟礼道子（福音館書店、一九八四年）
（9）『おえん遊行』石牟礼道子（筑摩書房、一九八四年）
（10）『陽のかなしみ』石牟礼道子（朝日新聞社、一九八六年）
（11）『十六夜橋』石牟礼道子（径書房、一九九二年）
（12）『食べごしらえおままごと』石牟礼道子（ドメス出版、一九九四年）
（13）『葛のしとね』石牟礼道子（朝日新聞社、一九九四年）
（14）『蝉和郎』石牟礼道子（葦書房、一九九六年）
（15）『水はみどろの宮』石牟礼道子（平凡社、一九九七年）
（16）『天湖』石牟礼道子（毎日新聞社、一九九七年）
（17）『波と樹の語ること』石牟礼道子（「現代思想」一九九八年、五月号）

(18)『アニマの鳥』石牟礼道子（筑摩書房、一九九九年）
(19)『石牟礼道子対談集　魂の言葉を紡ぐ』石牟礼道子（河出書房新社、二〇〇〇年）
(20)『潮の呼ぶ声』石牟礼道子（毎日新聞社、二〇〇〇年）
(21)『煤の中のマリア』石牟礼道子（平凡社、二〇〇一年）
(22)『はにかみの国』石牟礼道子（石風社、二〇〇三年）
(23)『石牟礼道子のコスモロジー』石牟礼道子（藤原書店、二〇〇四年）
(24)『花いちもんめ』石牟礼道子（弦書房、二〇〇五年）
(25)『祖《おや》さまの草の邑《むら》』石牟礼道子（思潮社、二〇一三年）
(26)『葭の渚』石牟礼道子（藤原書店、二〇一四年）
(27)『花の億土へ』石牟礼道子（藤原書店、二〇一四年）
(28)『石牟礼道子全句集　泣きなが原』石牟礼道子（藤原書店、二〇一五年）
(29)『ここすぎて　水の径』石牟礼道子（弦書房、二〇一五年）
(30)『もうひとつのこの世』渡辺京二（弦書房、二〇一三年）
(31)『「地域公共圏」の政治学』岩岡中正・伊藤洋典編（ナカニシヤ出版、二〇〇四年）
(32)『石牟礼道子の世界』岩岡中正編（弦書房、二〇〇六年）
(33)『ロマン主義から石牟礼道子へ――近代批判と共同性の回復』岩岡中正（木鐸社、二〇〇七年）
(34)『石牟礼道子の形成』斉藤謙（深夜叢書社、二〇一〇年）

（35）『「苦海浄土」論――同態復讐法の彼方』臼井隆一郎（藤原書店、二〇一四年）

（36）*Ishimure Michiko's Wrighting in Ecocritical Perspective-Between Sea and Sky*, Bruce Allen & Yuki Masami eds.(Lexington Books,2016) なお、本書については、結城正美「英語論文集『石牟礼道子の作品をエコクリティカルに読む』」（「道標」25号、二〇一六年三月、人間学研究会）を参照されたい。

なお、本書【Ⅰ】章は、主要参考文献（33）を、【Ⅱ】章は、岩岡中正「石牟礼道子における存在の回復――対立から和解へ」（「熊本法学」、一一五号、二〇〇八年十二月）を、【Ⅲ】章は岩岡中正「石牟礼道子における文学と政治」（「熊本法学」、一一三号、二〇〇八年二月）ほかを参照した。また全体として、主要参考文献（36）の中の第六章 Iwaoka Nakamasa 'Ishimure Michiko as Contemporary Thinker を参照した。

岩岡中正（いわおか・なかまさ）
昭和二十三年一月、熊本市生まれ。熊本大学名誉教授、博士（法学）、俳誌「阿蘇」主宰。著書に、『詩の政治学―イギリス・ロマン主義政治思想研究』（一九九〇年、木鐸社）、『転換期の俳句と思想』（二〇〇二年、朝日新聞社）、『時代転換期の法と政策』（共編著、二〇〇二年、成文堂）、『「地域公共圏」の政治学』（共編著、二〇〇四年、ナカニシヤ出版）、『石牟礼道子の世界』（編著、二〇〇六年、弦書房）、『新くまもと歳時記』（共編著、二〇〇七年、熊本日日新聞社、第二九回熊日出版文化賞）、『ロマン主義から石牟礼道子へ』（二〇〇七年、木鐸社）、『虚子と現代』（二〇一〇年、角川書店、第十一回山本健吉文学賞評論部門）、『子規と現代』（二〇一三年、ふらんす堂）。句集に『春雪』（二〇〇八年、ふらんす堂、第五〇回熊日文学賞）、『夏薊』（二〇一一年、ふらんす堂）、『相聞』（二〇一五年、角川書店）。
現住所　〒八六一―四一一五　熊本市南区川尻四―一二―一五

魂《たましい》の道行《みちゆ》き

——石牟礼道子から始まる新しい近代

二〇一六年九月三〇日 発行

著　者　岩岡中正《いわおかなかまさ》

発行者　小野静男

発行所　株式会社　弦書房

（〒810・0041）

福岡市中央区大名二－二－四三

ＥＬＫ大名ビル三〇一

電　話　〇九二・七二六・九八八五

ＦＡＸ　〇九二・七二六・九八八六

印刷・製本　シナノ書籍印刷株式会社

ISBN978-4-86329-139-3　C0095